河上柏影

阿來——著

目錄

序篇一

岷江柏。

先摘抄數種植物志描述：

「岷江柏，喬木，樹高可達三十米，胸徑一米；枝葉濃密，生鱗葉的小枝斜展，但不下垂，不排成平面，末端鱗葉枝粗，直徑一——一·五毫米，很少到二毫米，圓柱形。鱗葉斜方形，長約一毫米，交叉對生，排成整齊的四列，背部拱圓，無蠟粉，無明顯的縱脊和條槽，或背部微有條槽，腺點位於中部，明顯或不明顯。二年生枝紫褐色、灰紫褐色或紅褐色，三年生枝皮鱗狀剝落。成熟的毬果近球形或略長，徑一·二——二釐米；種鱗四——五對，頂部平，不規則扁四邊形或五邊形，紅褐色或褐色，無白粉；種子多數，扁圓形或倒卵狀圓形，長三——四毫米，寬四——五毫米，兩側種翅較寬。」

「岷江柏木為中國特有，為長江上游水土保持的重要樹種，和乾旱河谷地帶荒山造林的先鋒樹種。岷江柏樹幹通直，木材可供建築、家具、農具等用材。枝葉可提煉柏木油；提煉柏木油後的碎木，經粉碎成粉後作為香料，出口東南亞等國。」

「岷江柏（漸危種），常綠喬木，分布於四川和甘肅兩省的大渡河流域、岷江流域和白龍江流域海拔八九〇至二、九〇〇米的峽谷兩側或乾旱河谷地帶。岷江柏木生長地區的氣候特點是冬季較長而嚴寒，夏季溫涼，冬乾春旱，乾濕季明顯，年平均氣溫攝氏八——十四度，最冷月平均氣溫攝氏零下二十——六度；年降水量五〇〇——七五〇毫米，年蒸發量約為降水量的二倍；相對濕度五十——七十%。土壤中性至鹼性，多為花崗岩、石英岩及石灰岩發育而形成的坡積山坡棕褐土或山地褐土，或生於無結的母質碎塊上或千枚岩，雲母片岩、花崗結晶岩等母質風化的土壤上。岷江柏為喜光、深根、耐旱的樹種，對坡向選擇不嚴，多生於立地條件極差的懸崖陡壁，僅在少數峽谷地帶有小片林地，常以純林狀態出現，林下的喬木樹種有欒樹、蒙桑；灌木以西南杭子梢、馬鞍羊蹄甲、水木栒子等居多。」

「現今的岷江柏分布於三個不連續地區。即岷江流域的四川省茂汶、汶川、理縣為一分布區；大渡河流域的四川省瑪律康、金川、小金、丹巴為一分布區；白龍江流域的甘肅省舟曲、武都、文縣和四川省九寨溝縣為一分布區。三處水準分布範圍共約一八、五八〇平方公里。」

「岷江柏在其分布地區內還有若干大樹，單板或幾株聚生。這些大樹一般是生長在寺廟、學校、宅院以及交通不便的山上，被當作神樹、風水樹而保存下來。如地處甘南的迭部縣臘子鄉，在鄉政府後康多寺，寺院內生著一棵高三十米、胸圍三・四米、冠幅八十六平方米、樹齡約六百年的岷江柏木。這棵柏木高聳雲天，蒼勁挺拔於村落之上；虬幹曲枝、蒼翠蔥鬱、古色古香，又生機勃勃，被當地群眾奉為神樹。」

序篇二

人。人家。柏樹下的日常生活。

岷江柏是植物。自己不動，風過時動。大動或小動，視乎風力的大小。那大動與小動，也視乎樹齡的大小，幼樹或年輕的樹容易受外界刺激，呼應風的動作尺度就大些。當一株樹過了百歲，甚至過了兩三百歲，經見得多了：經見過風雨雷電，經見過山崩地裂，看見過周圍村莊的興盛與衰敗，看見一代代人的從父本與母本身上得一點隱約精血便生而為人，到長成，到死亡，化塵化煙。也看到自己伸枝展葉，遮斷了那麼多陽光，遮斷了那麼多淅瀝而下的雨水，使得從自己枝上落在腳下的種子大多不得生長。還看見自己的根越來越強勁，深深扎入地下，使堅硬的花崗岩石碎裂。看見自己隨著風月日漸蒼涼。

人是動物，有風無風都可以自己行動。在有植物的地方行動，在沒有植物的光禿禿的荒漠上行動。

現在，有一個人在動。

她拄著一根花楸木的杖，順著一條小路來到了那幾株高大的岷江柏跟前。柏樹長在一個近乎於正方形的花崗石丘上。石丘足有一層半樓房的高度，年輕人攀住包裹著石丘的粗壯的柏樹根，很輕易就上去了。但這個人老了，不能像年輕時候那樣子迅疾輕盈地行動。她的手杖上有一個漂亮的龍頭，那是她木匠丈夫的手藝。木匠做了架木梯，放在花崗石丘跟前，以供他妻子每天去石丘頂上的五棵老柏樹下收集柏樹的香葉。後來，縣裡開發旅遊，這幾棵老柏樹成了景點，在石丘上鑿出了石階，就不用這木梯了，那是後話。有時，木匠也從自己做的梯子上去，站在老柏樹下，用勁從樹身上撕下一長綹暴裂開的棕色樹皮，湊近鼻子，嗅聞這樹的芳香。那些隱約的香氣，像是他身後那條小路上顆粒粗糙的泥土中那些雲母碎片閃爍不定的亮光。風拂動這些碎片時，如果恰巧與陽光相撞，它們就無聲地閃閃發光。就像是它們之間在斷斷續續，不明所以地竊竊私語。太陽被雲遮去，它們集體噤聲，太陽從雲縫中露出半邊臉，它們又一致地興奮起來。

這是五株學名叫岷江柏的樹，枝柯交錯成一朵綠雲，聳立在村前這座突兀的石丘上。

有一個古老的傳說，說是某位高僧念惡咒發大法力，把這石頭從對面山頂上弄下來的，是一塊飛來石。當然，那位大法力的高僧肯定不是為了讓這五棵柏樹有個生根之處，也不是為了使石丘旁邊的村莊看起來有某種好風水，他是為了某種懲戒的目的，為了向人示威而把這石頭從高高的，從村裡仰著頭都看不見的對岸山頂上弄下來的。這個且不去說它。倒是有地質學家認定，這塊石頭的歷史，比旁邊村莊古老許多。許多是多少呢，好多好多個一萬年。也許是一萬個一萬年。至少有這塊岩石在的時候，村子裡的這些人的祖先還是在林中尋食的猴子。

到了後來，當這裡成為一個旅遊景點，為了文化內含的挖掘，宣傳材料上就只說那個傳說，而不肯說地質學家的判斷了。

那個木匠曾經被人安排，每天坐在石丘跟前，一邊給遊客講飛來石的故事，一邊向顧客收取停車費。景點是不收費的，但停車場占了村裡的地面，所以，要收取每車五元的停車費。其實，他就只是一個木匠，一個性格隱忍軟弱的中年人。

性格隱忍怯懦是因為在此之前的人生中，這個人還沒有遇上過什麼讓他能夠揚眉吐氣的事情。在我們的故事開始的時候，終於算是遇上了一件。他的兒子，在這個夏天，高考一舉而中，成為這個僻遠鄉村第一個考上大學的孩子。

他的兒子，也是個像他一樣沉默不語的人，一個時常皺著眉頭的人。

那個天天到老柏樹下收集香柏葉的婦人是這個孩子的母親。她見自己兒子皺著眉頭的樣子，總是會心痛不已：孩子，人生來不是為了無故憂慮愁煩的呀！這孩子那時純善，只是笑笑不說話。於是，這女人就埋怨她的丈夫，你這個死人，沒什麼可以傳給兒子的，就把皺眉頭的樣子傳給他了。

木匠這時候卻舒展開眉頭，笑了，這個村子裡的男人有什麼好東西傳給後人呢？獵人把追蹤麝香鹿的本事傳給兒子嗎？政府把禁獵的布告都貼到村裡了。馬幫首領把趕馬的訣竅傳給兒子嗎？村裡家家都有拖拉機，還有人都買了卡車了。他還有一句話沒有說，難道讓驅雹喇嘛把對著天上烏雲念出的咒語傳給他？對喇嘛不敬，在這個村子肯定是不受歡迎的。雖然，現在村裡有接受過培訓的防雹隊用火箭彈驅雹，喇嘛的咒術怕也是要失傳了。

女人說，那麼木匠的手藝呢？

木匠說，手藝還有用，可是，我兒子要上大學了，不用當個沒出息的木匠了。

他還說，善織氆氇的女人會手把手教會女兒嗎？供銷社的機織花布比這個漂亮多了。於是，女人停止了手中紡織羊毛線的陀螺，說，那我紡下這些線也沒什麼用處了？木匠說，差不多吧，你又不是沒看到過商店櫃檯裡那些各種色彩的機紡毛線，不過，你的手沒這個東西也沒地方放著啊。

女人又拿起紡線陀螺，左手轉動了墜在下方的轉輪，右手越舉越高，看著手指間漏下蓬鬆羊毛旋轉扭結，變成交織緊密的毛線。這個女人像大多數婦人一樣，對自己艱辛的生活不以為意，卻不能見別人心靈與身體受到小小的折磨。她見了別人哪怕輕皺個眉頭，都會以為別人內心有多麼難當的煎熬，都要以手加額，說：天可憐見！天可憐見！更何況還是自己的兒子，常常眉頭深鎖，來來去去都在她眼前。

當她和木匠的兒子已經是大學一年級學生時，母親再說天可憐見，兒子就說，媽媽，我不是憂愁，我只是喜歡想想事情。

天可憐見，你那腦袋裡在想些什麼？

嘴唇上剛長出了茸茸髫鬚的兒子就說，生命啊，世界啊，好多好多啊！這孩子說這話時，有些驕傲的味道，也有些為了皺眉而皺眉的味道。

這位大學生說這話的時候，剛回到鄉下家裡過他這一生中許多個假期中的又一個暑假。從到鄉中心小學上三年級開始，他就離家越來越遠。家隔鄉政府所在的鎮子十五公里。距上初中的縣城五十公里。隔上高中的州府一百七十公里。離上大學的省城五百三十公里。這是他上大學後的第一個暑假。

他和母親說話的地方就在村前那座突兀而起的花崗石丘跟前。石丘上長著五棵村人尊為神木的老柏樹。

太陽升起來，驅散了峽谷中夏天早晨稠濕的霧氣。曬乾了玉米、土豆和核桃樹上的露水。

母親剛洗了頭髮，正對著鏡子細細梳理。她對站在窗前的兒子說：王澤周，你說柏樹上的露水也乾了吧。

王澤周沒有說話。

母親又說：王澤周，你站開一點，你把光線都擋住了，我從鏡子裡看不清頭髮梳好沒有。

王澤周把身子挪開一點，站在母親身後從鏡子裡看她。母親披散的長髮閃閃發光，直垂到胸前，那面鏡子太小，照不出那麼長的頭髮。王澤周就笑起來，這面鏡子照不出那麼長的頭髮。

母親不說話，她用梳子從頭頂把頭髮一分兩半，在鏡中細細端詳那被梳齒犁開的髮線，是不是端正筆直。

當她開始編結辮子的時候，又對兒子說，王澤周，我讓你看看柏樹露水乾了沒有。

從樓上的窗口望出去，王澤周先看到家裡院子，院子中投下核桃樹的蔭涼，然後是院牆外正在揚花的玉米地，和同樣正在放花的一壟壟土豆。越過這些莊稼地，視線盡頭才是那座花崗石丘和石丘頂上的五棵柏樹。隔著這麼遠的距離，柏樹細碎的枝葉失去了細節，像是一團深綠色的雲，哪還能看到上面露水的情形呢？倒是能隱約聽見石丘背後，湍急的河流發出轟轟的聲響。

王澤周笑了，你這是沒話找話。

母親把編好的辮子盤在頭頂，我兒子好不容易回來一趟，我就是要沒話找話。母親說這話的時候，幾乎都有些撒嬌的意思了。她說，我要是不沒話找話你會打開眉頭笑起來嗎？

母親這樣說話的時候，對著鏡子歪著頭，臉上浮現出年輕女子嬌羞的表情。

王澤周知道，現在該是母親往柏樹下去的時候了。三月，地裡種下了玉米、土豆；四月，給它們間苗，追肥，鋤草；五月，六月，玉米嗖嗖生長，土豆的鬚根四出竄動，又給它們培壠，除草，追肥。現在，它們在七月開花了，傳粉了，珠胎暗結了。農家人才鬆弛下來，在一年中最美好的夏天，獲得一些閒暇的時間，消消停停地做一些美麗的事情。

只有王澤周的父親，周圍幾個村子裡唯一的木匠，永遠不得空閒，忙完了地裡的活計，遠遠近近的人家早捎了口信來。這時節，他就得了空應了口信去給那些需要新家具的人家做几案，做櫃子，往那些几案和櫃子上作繁複的雕花。都是佛教的七寶：蓮花、經幢、海螺、雙魚，等等，等等。母親就留在家裡，把家裡和自己收拾齊整，等兒子回家。

王澤周知道，母親梳洗齊楚了，就該往老柏樹那裡去了。

他取下掛在牆上的籃子，隨了母親下樓。

他提著籃子，和母親一起經過那些茂盛的玉米和土豆，往那座花崗石丘去，往石丘頂上的五棵老柏樹跟前去。母親剛梳洗過的，盤在頭頂的髮辮被太陽曬得更顯烏黑，閃閃發光。王澤周覺得自己提著個籃子，亦步亦趨跟在剛把自己拾掇得容光煥發心情舒暢的母親身後，自己在那種氣氛中都變得有點像是個姑娘了。

於是，他就要把籃子塞到母親手中。

母親頭也不回，你提著！

王澤周便緊走幾步，超過母親，一路小跑，到了那石丘跟前，才回身看著母親不緊不慢地走近前來。這時，他的眉頭又習慣性地緊鎖起來。母親走上前來，捧住他的臉：可憐見的，這麼好的日子，你有什麼樣的心事啊！

王澤周搖搖頭，從母親親暱的手中擺脫出來。我沒想什麼。於是，他說出了那句話：我不是有什麼心事，也不是有什麼憂愁，我只是喜歡思考。

說話的時候，幾棵老柏樹散發出隱約的香氣。

這句話從一個唇上剛長出茸茸鬍鬚的嘴裡說出來。立即就把母親鎮住了，但她還是很鎮定，並不把內心的震動表現出來。她只是重複了一下那個似乎距自己的生活太遠的詞：思考，她又重複了一次那個對她的嘴巴來說還很生疏的詞：思考。
王澤周聽母親說出這個對她來說很陌生的詞，立即眉開眼笑，對啊，思考！
這時兩個人已經走到了花崗石丘跟前。石丘向著村子這一面有好幾米高，柏樹虬曲粗壯的根盤繞其上。王澤周踩著一條斜著的樹根幾步就上去了，顯得靈活矯健。而母親是踩著父親做的木梯一級級走上石丘的。
站上石丘頂上，河水聲猛一下大了起來。河就在石丘的下方，隔著公路，在那裡大聲喧譁。母子兩人對此並不在意。他們在意的是立時充滿鼻腔的柏樹的馨香。空氣如此濕潤，但老柏樹散發出來卻是乾燥的香味。昨天黃昏，王澤周就把一張毯子鋪到了柏樹下面。晚上，群鳥宿在樹上，早晨，鳥群又從樹枝上奮力振翅起飛，那些所有動靜，會使鱗狀的細葉簌簌落下。鋪下那張毯子，為的就是接住這些自然掉落的香柏葉。在樹的上方，二十多米三十多米的高處，不止是鳥，還有河上起來的風，山上下來的風，都會把好些香葉搖落。甚至是沒有風，沒有鳥，只是太陽出來，使枝上稠密的露水蒸發的那一點點動靜，都會使一些香柏葉簌簌脫離枝頭。
新葉長出的時候，就是老的葉子掉落的時候了。

村裡人會來收集這些針葉，作為薰香煨桑的材料。

經過了一個夜晚，和一個早晨，毯子上早已落滿了馨香的柏樹葉。母親把這些細葉都收進籃子裡。王澤周又在周圍那些裸露的岩石上，盤曲在岩石表面的樹根上，收集了另外一些落葉。很快，籃子就滿了。

收集這些柏樹潔淨的香葉時，王澤周問母親，求神佛佑護非要用這樣的香葉才行嗎？

母親答非所問，我不知道神佛要不要我們的供養，我只知道這是自己的心願。

這是上世紀八〇年代的某個夏日，這個村子所出的第一個大學生的第一個暑假。這個村子沒出過什麼人物。村子裡有小學校已經三十多年了，但全村讀完小學，中學，又考上大學的，王澤周是第一個。之前，聰穎的，還有更多不甚聰穎的男孩也上學，但沒有讀出過什麼名堂。也有到廟裡出家的。但出了家也是平常，念念經，打打卦，夏天，還帶著經書、鼓、鑔在各村遊走，誦經化緣。也是從這個村裡出去的一個喇嘛，從山頂上俯瞰過這個村莊的地形，說不應該呀，這麼好的風水，不會不出個人物的呀！但這個平靜美麗的村子就這麼平靜地過了說不上多少年頭了，的確也沒出息過什麼人物。那個喇嘛說，不要說這些蓮花一樣環抱村子的山，不要說從村旁奔騰而過這麼大聲的河，就是石丘上那幾株不要一點泥土，直接就把根扎進堅硬的花崗岩的老柏樹了。老柏樹有多老？反正村裡最老的老人生下來，看見它們就是眼下這個樣子：蒼老的樹皮深深爆裂，虯勁的樹根，有些盤曲在岩石表面，有些深深地楔入岩石，使得堅硬的岩石裂開了一道道縫隙。五棵柏樹，和那座石丘就是一個奇觀。但是，在這個村子的第一個大學生王澤周回到村子裡過第一個暑假的時候，中國人四處尋找奇觀的全民旅遊時代，一大巴車的人被一個搖著三角旗，沒心沒肺地背著現成解說詞導引著的時代還沒有真正到來。更不要說後來的自駕車旅遊時代了。

很多很多年來，村裡人的確也認為這座石丘與這幾棵老柏樹確實是這個平常村子的一個不那麼尋常的部分。的確也有從這個村子出了家的人提過，說這樣的風水出現在村子裡，應該是不尋常的啊！但就是說這些話的人本身也沒有顯露任何非同尋常之處。他們自己也沒有成為遠近有名的高僧大德，也就只是能念念度亡經能做做驅除冰雹的法事的尋常之輩。

拋開玄妙的風水不談，這座石丘有一個好處是所有村人都知道的，那就是花崗石丘和靜穆的柏樹一起，遮斷了村前那條湍急河水的喧譁。

越過這座石丘，是公路，公路之外，十幾米高的河岸下，就是在嶙峋的花崗岩間奔湧的大河。這條河在上游和下游都平靜無聲，獨在這一段，在陡然下降的河道中急奔如雷。

這條河該是有名字的：叫岷江，或者叫白龍江，又或者叫大渡河。或者是這三條大水上眾多支流中的某一條。總之是生長著岷江柏的河流中的三條大水中的某一條。或者在四川省，又或者在甘肅省。反正都是一個中國地方。

三條大水都一樣奔流在時而逼仄時而開闊的深峽中間，有些地段被陽光照亮，有些地段則沉沉地蜿蜒在大山移動的濃重陰影裡。

這個村子就坐落在其中某一條河邊。

這座村子是有名字的，但是既然我們準備將其看成是這三條大水邊上的任何一個村落，那麼，就讓其處於無名狀態。有些時候，使某些有名的事物無名也是強調其普遍性的一種方法。

如果不太拘泥於細節，而從命運軌跡這樣的大處著眼，這個村子和坐落在這三條大水邊的那些村子真的幾乎一模一樣。都是在村前村後，立著一株或者幾株岷江柏。這些村子從沒有被書寫過。也許有過自己的口傳故事，但這些故事流傳過三五代人後，又從人們的口邊流失了。所以，它們都是些有著漫長歷史的村莊，但同時又是沒有歷史的村莊。

對這個問題，前些年，村裡來了大學人類學專業和社會學專業的調查人員，打開錄音機想要從人們嘴邊搜集遙遠年代的故事時，村子裡的人說，以前的事情，也許那些老柏樹是曉得的吧。那也是樸素時代，還沒有人為旅遊業，也是某種奇觀化創造早前的故事。比如奉某種動物為圖騰的故事。再比如虔信宗教而純淨明澈的所謂原生態生活。而且，也還沒有人刻意在外來人面前過那種新構造的故事裡的生活。

在過他大學第一個暑假時，王澤周只是登上村前的石丘，幫助母親搜集從柏樹上掉下的帶香味的針葉。他提起鋪在樹下的毯子的兩隻角，母親提起毯子的另兩隻角，那些針葉便簌簌作響滑向了毯子中央。母親半跪在地上，一捧又一捧，把柏樹葉裝了大半籃子，王澤周又從周圍石頭上和裸露在岩石表面的虯勁的樹根上收集了一些針葉，把籃子裝滿。他收集這些柏樹葉的時候，母親要他小心，不要碰壞了石頭上面薄薄的苔蘚。王澤周笑著說，媽媽有環保觀念。

母親露出了女孩一樣天真的笑容，然後，她的臉上露出了憐惜的表情，她說，它們生長得那麼不容易，應該憐惜的啊。

王澤周知道，村子裡的人總是隱隱傳說，母親以前是半瘋半癲過的。王澤周也知道，村裡人現在也把母親這種天真、自憐，並憐人，看成瘋病痊癒留下的後遺症。

但他喜歡母親這些表現，有時像個少女一樣天真，有時像個姑娘一樣顧影自憐，有時又像佛一樣慈悲。

他喜歡和母親一起把這些香柏葉拿回家，鋪在石板上晾乾，揉碎，然後，在某一個早晨，塞進樓頂的祭壇裡。祭壇就真是一隻側面有個開口的罐子，安置在樓頂的牆角上，把柏樹香葉填進去，點燃了，壇口就一縷縷、一股股升起濃重的青煙，散發著香氣，伴著簡單的祝禱，在藍天下扶搖直上。

這天，就在母子倆把柏樹香葉裝滿籃子，準備起身回家的時候，河邊突然喧騰起來。

順著河流所來的縣城方向，沿河蜿蜒的公路上駛來兩輛警車和一輛救護車，三輛車都閃著彩燈，響著嗚哇嗚哇的警報，停在了石丘下面的公路上。公路下方的河道中，湍急的河水沖激在參差著巨大的灰白色花崗石河床上，激起巨大的浪花和聲響。說也奇怪，之前，王澤周和母親在柏樹下收集香葉的時候，只覺得世界一片寂靜，並沒有意識到那些白浪發出了那麼巨大的聲響。可是，看見警察和穿著白大褂的醫生從車上跳下來，興奮地站在路邊望向湍急的河水時，王澤周耳朵裡立即就灌滿了河水大聲的咆哮。

接著，一群騎自行車的人出現了。這些人更是激動萬分，他們的喧譁聲甚至壓過了河水的喧騰。這是從縣城出來的看熱鬧的人。他們都丟下自行車，直衝向河邊，不顧警察的阻攔，下了陡峭的河岸，在河邊被水浪拍擊的巨石上爭搶位置。

王澤周說，一定有什麼大事情要發生了！

這條河上游大致都水流平緩，到了村子上邊一公里處，突然增加了下降的坡度。公路邊豎著一塊警示牌：連續彎道，連續下坡3KM。也是到了這一段，隔河對峙的山壁突然變陡收窄，加速的河水，白浪翻騰，濤聲如雷聲轟響。這樣喧騰翻沸了三公里後，兩岸的山又退到遠處，水流重又變得開闊平緩，如果不是河面上一個個旋轉著移動著的漩渦，有些地段，幾乎都看不出河水的流動了。

那些比河水還喧騰的人現在都安靜下來。他們找到各自的位置後都引頸踮腳向著河的上游張望。王澤周站得高，比那些站在岸邊和公路上的人看得更遠。他也舉目往上游望去，只望見河水陡然加速陡然下跌處，像突然斷裂在懸崖上的冰川一般，呈現出一段晶瑩透明的斷口。那安安靜靜的斷口被太陽照得閃閃發光，就在那閃光中間，突然出現了一個模糊的影像。就像是冰川上突然投下一隻盤旋的大鳥影子——被放大了的大鳥有些怪異的影子。其實，那裡出現的是一隻橡皮舟。但王澤周和他母親從來沒在這河上見過這種東西。王澤周想，這東西該是什麼名字。後來，他想，這個東西就是在電視上見過的橡皮舟了。

他的思緒停頓，河水卻沒有停止，還在一個勁地向前奔流。

橡皮舟上那個人在湍流上舉起了紅色的槳，作出奮力划動的樣子，但他舉起的槳還沒有落到水上，橡皮舟就騰空而起，然後，又摔在了一堆破碎的白浪中間。舟中人的手高揚起來，王澤周發現舟中人穿著一身和槳一樣彤紅的衣服。橡皮舟在湍急的水流中蹦跳不止，像一匹第一次在背上放上鞍子的馬。河水的咆哮聲又重新充滿了整個世界。

村子裡的人都聞聲而動，站滿了花崗石丘。

急速的河水上，橡皮舟幾乎是從人們面前一掠而過。

橡皮舟和河水都跌入峽谷更深處，被一些樹和一段高岸擋住，消失不見了。

河水再次出現在視線中時，那已經是在等待的人群都可以張望得到的地方。

那不過是兩百米長的一段河道，波浪把那小舟一下托舉到最高處，又一下扔進波谷中。幾次沉浮，橡皮舟和舟上的紅衣人就飛快地從人們眼前沖過去了。然後，在河道被一道斷崖遮斷處，那個紅衣人舉起紅色的槳葉在一塊巨石上撐了一下，橡皮舟猛然掉了一個頭，這時，屏息的人群才發出了一陣驚呼。河水那麼迅疾，還未等人們的驚呼聲落下，橡皮舟就消失在人們視線裡了。

警車和救護車重新啟動，開往下游，自行車流也尾隨而去。

媽媽問王澤周，那個人到河上去做什麼？

王澤周說，漂流。媽媽，漂流。

漂流是什麼？

探險。媽媽，漂流就是探險。

年輕人已經不耐煩再回答什麼問題了，他臉孔漲得緋紅，縱身跳下那丘崗，向著河流下游奔跑而去了。

母親一直看著兒子奔跑的身影在視線中消失，現在，除了河水悶雷般的轟鳴，就像什麼都沒有發生過一樣。那些看熱鬧的人群消失後，河水越是轟響，倒越顯出這河谷亙古以來的寂靜。她提起籃子回家。當她把身子背向身後的河流時，河流的聲音也消失了，她聞到籃子裡蓬蓬鬆鬆的柏樹葉發出淡淡的香氣。

明天，兒子就要離家回學校開始他第二學年的大學生活了。一個下午，她都在家裡替兒子打理行裝。

三天前，王澤周的父親就帶著全套木匠工具去白雲寺了。他說，反正兒子跟自己也沒什麼話說，不如出去尋點活路。兒子上了大學，由國家管飯，每月還發幾塊錢買牙膏肥皂。但他還是願意兒子手頭多幾個零花錢。添一兩件光鮮衣服，或者，和同學老師下個小酒館。

王澤周的母親名叫依娜，譯寫成漢字，是很少女意味的名字。這個有著很少女意味名字的依娜如今是個中年婦人了。她為兒子做著一切行前的準備時，心裡充滿了甜蜜的情感。想起丈夫，卻沒有那麼強烈的情緒。她只是估摸著，這人也該回來給兒子送個行吧。

天近黃昏的時候，兒子才回到家裡。

母親還是那個問題，探險是什麼？

王澤周餓了，拿著一個饃狼吞虎嚥，無法回答。

母親說，我想了半天了，不就是不要命嗎？年輕人不要命，他媽媽要知道，日子該怎麼過啊？

兒子伸長頸項，奮力把那塊饃吞下去，我弄清楚了，那個人快四十歲了，不年輕了。

那他是為了什麼？

兒子說，為了搶在美國人面前，搶這條河的首漂權，為國爭光！

還有美國人也想和他一樣？

他就是要搶在美國人前面。

人想到河上去死，還用得著爭先恐後嗎？

遇到這樣的話題，王澤周就會想，教育真的在把自己變成不一樣的人，那時的電視裡常常播一句話，叫知識改變命運，王澤周會想，我就正是那樣的人啊！當然，這些念頭都只是藏在心裡，他歎口氣說，媽媽，我們還是不討論這件事情了吧。人們認為精神有毛病的母親從不生氣，總是沉浸在幸福和憐惜的情緒中間，所以，兒子這麼說話，也不會改變她的情緒，她說，年輕人不知道當母親的會心疼啊！

兩母子這樣說話時，聽到王澤周的父親回來了。

母子兩個住了口，聽他撥動門栓的聲音，聽著他動作遲緩得彷彿有些猶疑不決地上樓來。今天，他上樓的聲音更加遲緩，聽起來一定背負著一件重物，那東西一定體積寬大，正不時和樓梯扶手磕磕碰碰，發出聲聲響。王木匠在村裡少語而隱忍，全村也沒有一個人比他更勤勉。有些人說，這個人從不休息，他是用這種辦法折磨自己嗎？是的，這個世界上，有人是因為過分勤勉而被人輕視的甚至討厭的。村裡人對木匠並不討厭，但有意無意的輕視是一定的。

這種輕視甚至包括他的家裡人。聽到他背負著什麼東西磕磕碰碰上樓的聲音，王澤周用有些輕佻的語氣對母親說，猜猜爸爸帶回來了什麼東西？

我猜不出來，母親笑著說。

但是，她馬上意識到自己語氣裡那種調笑意味是不應該的，於是，她換了鄭重的語調，我真的猜不出來，他一定又把自己累壞了。

說話間，王木匠的身影出現在燈光隱約的樓梯口，他身上背負的東西只是一團隱約的白光。村後溪流上的小水電站已經建成了很多年，機器已經老舊，村裡的電燈數量卻在增加，又有了更耗電的錄音機、奶油分離器、洗衣機、電視機，所有這些，使得每家人明亮的電燈光變得越來越黯淡。這個暑假村長還讓王澤周幫村裡向縣水電局打了一個報告。請求報廢舊的水電站，修一座發電量更大的新電站。報告中引用了詳實的資料：全村三十二戶三年內新增電燈六十七盞，小型電器二十七台，和農機具（脫粒機）三部。這些資料都是王澤周和村會計一起一家一戶統計來的。這些資料也引用到了他的社會調查報告裡。這是學院沒有硬性規定但「提倡並鼓勵」的大學生社會調查實踐活動。

直到王木匠來到了屋子中央電燈直射的光線下，王澤周才看清楚了，父親背著的是一口新木箱。王澤周站起來，雙手托住，父親這才鬆開了繩子，返身和他一起把木箱放在了地上。

王木匠對妻子說，我想你肯定為王澤周準備了很多東西，我就去做了新的木箱。他又對王澤周說，你說你有了好多書，就帶到學校去做你的書箱。你聞聞，這箱子有多香，純柏木箱子！

一家人坐下來吃飯，王木匠喝了一點酒，他說，柏木板是他在白雲寺做了三天木工活換來的。

白雲寺就在距村子小半天路途的半山腰上，從村子裡就可以望見。寺院在文革期間摧毀，十來年前匆忙重建。最近，又開始了新的重建。為了這次重建，伐下的柏木已經乾燥了三年。原先大殿的柱子，用大鋸解開來做成一間間屋子的護板。最馨香紋理最漂亮的那些，做了新添置的全套篋裝《大藏經》的夾板。

王木匠臉上露出了少有的得意表情，他說，我在每一塊護板上都刻了一朵漂亮的蓮花，活佛很滿意我做的東西，要給我加工錢。我對活佛說，我不要工錢，我只要幾塊柏木板子，為兒子做一個書箱。活佛說了，大學裡的那些書，配得上裝在這麼馨香的箱子裡。

母親看著王澤周，你爸爸讓你得到吉祥的祝福了。

王澤周卻說，天哪，這麼笨重的箱子，我怎麼弄到學校啊！

王木匠說，重才是好東西，楊樹的木頭才是輕飄飄的，只配做火柴梗，做肥皂箱子。你看縣裡的木材廠就用楊樹做這些東西。他說，兒子，你不懂木頭，這香柏木可是好東西，我故意用了最厚的木板！

王澤周不能告訴父母的是，他在學校裡，本就是同寢室那些室友的恥笑對象，這口笨重的箱子，不知又要給他們什麼樣的口實。

離家的那個早晨，王木匠去借拖拉機了，他要親自送兒子到縣城的長途汽車站。母親陪著他守著那個做工牢實，卻很笨重的新木箱等在家門口。王澤周對媽媽說，我從來沒有見過誰的箱子用這麼厚的木板，以前爸爸做箱子也沒有用過這麼厚的木板。

這時，幾個村裡年輕人跑來，氣喘吁吁中包含著莫名的興奮，那個人死了！

馬上有人糾正，不是死了，是失蹤了！

王澤周馬上就明白了，他們說的是昨天從河上漂過的那個人。

他們說，在下游的某個河段上，漂流人靠岸下船，在河灘上搭了帳篷過夜。天剛亮他又上了船。他在一段兩公里多的平靜河面上划行。然後，橡皮舟進入了一段新的激流。橡皮舟到達下一段平靜的河面時，漂流人卻消失不見了。如今三個小時過去，幾百人在河岸上下往復尋找，都沒有他的任何蹤影。他們說，那個灘不長，還不到一公里長，但那個人卻莫名其妙地消失了。

母親說，哦，可憐的人。

王澤周對母親說，媽媽，你不用可憐他，他是探險者，他知道自己面臨的所有風險，他知道自己可能死在河上。

母親說，那我可憐他媽媽。

王澤周臉上露出了與年紀不相稱的嚴酷而冷靜的神情，也許他媽媽已經先他死了，也許，他媽媽願意承受這樣的結果。

母親還是問，他為什麼要到這條河上來？

已經告訴過你了，他要趕在美國人來之前，媽媽。

美國人為什麼要到我們的河上來。他們的家鄉沒有河水嗎？

媽媽，他們的河上很多船來來往往，比我們這裡公路上的汽車還要多，在有船的河上漂流沒有意思，那不是探險。

可是……

可是什麼？媽媽？可是什麼？王澤周臉上露出的那種即將投入辯論的表情學校裡的同學熟悉，但他母親卻從未見過。

父親開著拖拉機來到家門口，他說，王澤周，把箱子搬到車上來吧。

王澤周說，可是……

王木匠說，把你的箱子搬到車上吧。

王澤周說，這麼重的箱子，我搬不動。

王木匠說，搬上來。

長到這麼大，王澤周第一次看到自己的父親，這個在村子裡盡量不出聲生活的人，眼裡流露出一種有重量的目光。他的身心都感到了這目光中的重量。於是，他把箱子搬到了拖拉機車斗裡。箱子確實有些沉重。王澤周把木箱抱起來放進車斗時，臉孔都漲紅了。

王木匠笑笑，對妻子說，我們走了。

拖拉機開動的時候，做母親的像村裡的所有女人一樣，開始哭泣。對這個村莊來說，這是家裡一個重要成員出遠門時一位主婦、一位母親所必須表現的。這樣的哭泣既是出於固定的程序，也是一種真情流露。

拖拉機順著村道搖搖晃晃穿過玉米地，繞過那座花崗石丘，穿過柏樹的影子來到了公路上。

王木匠加大油門，排氣管噴出一股黑煙，拖拉機加快速度駛向縣城。

拖拉機噴吐出的帶著刺鼻化學味道的黑煙慢慢消失在空中，發動機的突突聲也漸漸消失了。聚在村口的人們各自散去。只有靜靜的陽光落在村莊，和環繞著村莊玉米地上，落在村前的柏樹上，落在飛珠濺玉的河上。激蕩的河水悶雷般咆哮。也許是這聲音響了太久，響了成千上萬年了，無人之時，這山鳴谷應的聲音也成了寂靜的一個部分。當這樣的寂靜籠罩住整個河谷和谷中的村子的時候，似乎在這條大河流經的地方，什麼都沒有發生過。

沒有一個冒失的漂流者在這條河上失去蹤跡。

也沒有一個大學生剛剛結束了他的暑假，離開了這個生養他的村莊。

這樣的寂靜似乎對一個冒失的漂流者的生死毫無所感。也對一個大學生複雜的情緒，比如他不但對父親親手做成的香柏木箱子中所包含的情意毫無所感，反而一直在苦惱，他要怎麼把這口沉重的箱子搬到學校。他還想到，在那間四張上下鋪上一共睡了八個人的寢室中，這口箱子一定會成為室友們的取笑對象——在他們眼中，這口沒有油漆，白花花的，不必要地用了那麼厚木板的箱子，一定正是他這個血統不純粹的人，這個土氣的鄉下人的最好象徵。

王澤周走後的第二天，村子裡下雨。

迷離的雨霧，使得被砍伐得千瘡百孔的山野好看起來。尤其是那五棵柏樹，蒼老的深黛色中泛出了青翠的新綠。

那時，王澤周正坐著人力三輪車穿過城市，進到學院，和那口柏木箱子一起來到了宿舍樓下。寢室在三樓。他能想像自己抱著這沉重的木箱，氣喘吁吁地上樓，又跌跌撞撞穿過走廊，走進寢室，會吸引怎樣嘲弄的目光。他膽怯了，僅在想像中，他就不能承受那些目光的重量。

這箱子太笨了。這箱子確實太笨了，用了比通常的箱子厚兩三倍的板材，四個角上還包上了鐵皮。不像別的同學輕刷了油漆的木箱，還上了鋥亮的便於提攜的金屬把手那樣輕巧。而真正闊氣的帶的是有拉鍊的皮箱。和王澤周同寢室的貢布丹增就有兩口這樣的皮箱。也有不帶箱子，那是從鄉下來的同學，比如同寢室的多吉，他用的是褡褳。褡褳其實就是兩隻連接在一起的口袋。鄉下人出行，把褡褳一左一右搭在馬背上，可以盛放很多東西。飯鍋、茶壺、皮襖、被褥，都沒有問題。牛毛織成的褡褳上還有漂亮的圖案。有了這些圖案，便完全符合了人們對於高原鄉土的想像。而這口柏木箱子，只是那些很現代化的皮箱木箱藤條箱帆布箱和純鄉土的褡褳之間的笨拙而又尷尬的過渡形態。大學裡流行這樣的觀念：要麼最洋，要麼最土。大學裡總是容易流行極端的觀念。

倒是三輪車夫說，這箱子多香啊！

王澤周不肯接受這樣的讚美，又不是女生的香水，要那麼香幹什麼。

三輪車夫見王澤周猶豫，以為他是扛不動箱子，便說，你引路，我幫你把箱子扛到寢室。

三輪車夫扛起了箱子，催王澤周，走啊，我只要你加兩塊錢。

王澤周鬆了一口氣，就在前面引路。三輪車夫似乎對他刻意保持距離毫無感覺，快步跟在他身後大聲說話。他說，他自己的兒子上中學了，要是能像他一樣考上大學，那就是他們家祖墳上冒青煙了。

王澤周沒好聲氣地說，這裡的學生家裡沒有祖墳。

那你們藏民把死人砍了餵鷹是真的了？

不是餵鷹，是天葬。

祖先不埋在墳山上，怎麼保佑後人呢？

這是王澤周很難回答的問題，還好，寢室到了。

先到的幾個同學，正聚在一起抽菸。菸是紅塔山，這麼高檔的菸當然是父親當縣長的貢布丹增從家裡帶來的。室友們說，哦，王澤周也回來了。三輪車夫把箱子放在地上，揣上錢，轉身走了。

貢布丹增的一頭鬈髮收拾得更飄逸瀟灑了，他從嘴邊取下菸捲，語含譏誚，王澤周，你不是從鄉下來嗎？怎麼在城裡還有親戚啊？

王澤周站在箱子旁邊，沒有說話。

看到他窘迫的模樣，室內的幾個人都向著天花板噴吐著煙霧，大笑起來。跟他一樣來自鄉下的多吉也叼著菸捲，發出比所有人更大的笑聲。

王澤周沒有說話，開始整理自己的床鋪，並把新木箱安置在床頭上。他手上忙著這些事情，腦子裡卻想像自己衝出了寢室，衝進了院長辦公室，義正辭嚴抗議那些在寢室、在食堂、在浴室，在整個學校裡差不多無處不在的身分歧視。但他知道，這只是想像而已。其間，他還下樓一次，撿來幾個磚頭，再把新木箱放在上面。那些惡少相的室友都出去了，只剩下了他一個人。他鋪好床鋪，整理好書本，他們還沒有回來。室內的煙霧已經散盡，明淨的陽光從窗口照進來，其中的一方恰好落在柏木箱子上面。他坐在床邊，注視著腳前那口笨重的柏木箱子——準確地說，是箱子被陽光照亮的那一部分。陰影隱去了箱子整體的笨重，而只照亮了一小方木板。使他注意到木板上漂亮的紋理，像是平靜河水上的層層漣漪。

這個寢室的幾個人都是貢布丹增聚在一起的。他是一個天生有領袖氣質的人，在頭一學期，他就把分散在不同寢室的這些人聚到了這個寢室。五個是他喜歡的人——聰明的，漂亮的，女生見了容易心旌搖盪，眼光發亮的。拿褡褳入校的多吉和王澤周屬於老實本分的，本不放在他眼裡。但是，他說，有什麼辦法，誰讓你們都是藏族，都是我一個州的老鄉，又在一個班上，我不罩著你們行嗎？於是，王澤周和多吉搬進這間寢室。多吉就此成了貢布丹增的死忠，他的應聲蟲。但王澤周沒有，他不是不願意，但臨到關鍵時刻，不能像多吉一樣沒有自己，於是，漸漸地，他就成了一個異類。

多吉對王澤周說過，你就不能對大哥尊重一點嗎？

王澤周說，學校裡也要搞幫會嗎？

多吉說，兄弟，你太認真了。

王澤周說，為什麼要不認真呢？

晚上，這幫人在外面燒烤攤上喝飽了啤酒回來了。

他們還在繼續他們的話題。話題向來班裡或年級裡或者校園裡那些漂亮的女同學。突然，他們的話題從女同學的容貌與身材，一下就轉到了那個為國爭光的大河漂流者身上。他們用來包裹剩菜的晚報，一直在連續報導對這個失蹤者的搜尋情況。

這幾個室友，突然從垂涎欲滴的色情狂變成了激昂的愛國者。

睡在床上的王澤周開口了，失蹤前我看著他從我們村子前漂過。

寢室裡一下靜下來，這回，他們沒有粗暴地打斷他，說明他們在傾聽。

貢布丹增說，是王澤周開口說話了？

王澤周說，三天前，那人就從我們村前的激流裡漂過，他舉著一支紅色的槳，過了我們村三十多公里，那條船上就沒有他了。

他又補充了一句，不是船，是橡皮舟。

寢室裡又安靜了一會兒，一個室友開口說，要是你親眼看見了這樣的英雄壯舉，就應該在班會上講講。

王澤周說，我就看見他三分鐘時間，河水又急又快，也許只有一分鐘時間，他就過去了。

貢布丹增說，看看，三分鐘，也許只有一分鐘，你難道沒有追蹤一陣子？你以為這種事情是隨隨便便就可以遇到的嗎？

王澤周說，追了一陣，追不上就不追了，我沒有想到他會死。

好幾個室友都模仿這個寢室裡老大的口氣，說，看看，看看……

這是他的大學二年級。寒假，他照例回家過年。

將上三年級的暑假，王澤周沒有回家。

不回家需要一個理由。他的理由就擺在床頭上。他從圖書館借了二十多本書摞在床靠牆的一方。自己的借書證借不到那麼多書，用同學的借書證才借夠了數量。校園安靜下來，王澤周從教室裡搬來兩張椅子，再把柏木箱放在上面，床前就有了一張書桌。使用這張桌子的第一天，丁教授在校園碰到抱了好幾本書的他，你這個學生，假期了還讀這麼多書，真的假的？

丁教授還跟著他來到宿舍，看到了他摞在床頭上的更多的書，咦，好幾本都是我建議過的書目嘛。

丁教授還問，你是叫王……王什麼？

王澤周。漢族姓，藏族名字。

團結族？澤周，澤而周之，漢語也通，怎麼是藏族名字。澤周，什麼意思？不，不對，名字肯定就有個意思，我不問你，這不尊重，我收回。接下來，丁教授掀動著鼻翼，咦！什麼香？什麼香？王澤周你不是交了女朋友才不肯回家的吧。

老師知道沒人喜歡我。

這是真的，女同學她們喜歡家庭有錢的，喜歡家長是幹部的，就個人條件來說，喜歡身材高拔，模樣英俊，頭髮捲曲，性格奔放，符合人們關於某個族別想像的——你得是個真正的什麼族。這些王澤周一樣都挨不上。他的父親只是一個農民，一個鄉下木匠。這口散發香氣的柏木書箱的笨重樣子就是一個證明。

教授說，但是，很香，很高雅的香。

這一回，王澤周也聞到了自己柏木箱子的香。有這口箱子都兩個學期了，王澤周好像也是第一次正經聞到這香。他笑了，把摞在箱子上的書挪開，再揭開鋪在上面的報紙，對老師說，是這箱子的香。

丁教授取下眼鏡，把鼻子貼到箱子上嗅嗅，呵，真是啊，真是這木頭的香。這個世界上居然有香氣如此奇妙的木頭呀！

老師，我的老家到處都有這種香柏樹。

那你家鄉一定是個很美的地方。丁教授拍拍他的肩膀，只是，這箱子的樣子真是可惜這木頭了！

王澤周便接不上話了。

臨走，丁教授留下話。他說，學校每年都要在應屆畢業生中選擇成績優秀者留校任教。到時候，他一定會向學校認真推薦。丁教授都走出去幾步了，又走回來對他說，哎喲，我告訴你吧，你要是早幾年上學，那就是個搶手貨，那幾年的女生追求的對象多半是像你這樣愛讀書，成績好的。不過，丁教授說，如今這氣氛已經變了。風水輪流變，也許哪一天這風氣又變回來了。

夏天，氣候濕熱，窗外樹上，蟬聲時起時歇。王澤周就這樣坐在蟬聲裡讀書。

累了，他會俯下身子嗅嗅柏木的香味，那真有提神醒腦的功效。他靜靜讀書，覺得自己正在變成另外一個人。一個從來沒有因為出身、血緣而被人歧視的人。這些書——哲學、歷史、文學、佛經，這一切的一切，讓他覺得自己能戰勝佛經裡所說那種分別心：別人對自己的分別心，自己對自己的分別心。在他求學生涯的那幾個短暫年頭，大學生中還流行嚴肅的著作，佛洛依德、尼采和沙特，流行的詞是反思，這些也都加深著一個年輕人對世界對人生的憧憬與困惑。

思緒糾結不清的時候，王澤周會想到村前石丘上的老柏樹，枝幹蒼勁，陰翳濃重，靜靜高聳在一川湍流的吼聲之上。記憶中的樹似乎是一個不可能的存在，那種沉靜的清新似乎是一個不可能的奇蹟。

那幾棵柏樹竟然出現在他的夢中。

那是一個悶熱的中午。他臉上蓋著一本書，遮住窗外射來的光與蟬聲，躺在床上睡著了。他沒有關門，為的是走廊上的涼風可以吹入房間。整座宿舍樓安靜到可以聽到走廊盡頭衛生間水管漏水的滴答聲。這個青年人，慢慢在床上睡著了，入夢了。在他的夢境裡，河水奔流聲中那幾棵柏樹的枝葉微微震顫。柏樹下有一個朦朧的身影，即便是在夢中，王澤周也知道，那該是他的母親，在收集柏樹的香葉，作為煨桑的材料。她會在曙光剛剛照亮村莊的時候，把這些香柏葉填進小小的祭壇中點燃，在寧靜無風的早晨，香爐上的煙柱筆直上升，最後融入藍天。王澤周在夢中走到煨桑的母親跟前，用自己都不情願的什麼都知道的口吻對她說，媽媽，這是沒有什麼用處的。媽媽沒有回頭，說，我只是要我的兒子幸福，願我的家庭平安。夢中的王澤周繼續問，家庭平安？媽媽，包括我的異鄉人父親嗎？這是他這些日子從書中讀來的口吻。這個年代流行的學問，佛洛依德。他說，我覺得我們村裡沒有人會真的記掛他的平安，包括你，媽媽。在夢中，他把這些話說得振振有詞，字正腔圓，即便是在夢中，這樣的話說出來，也顯得那樣唐突無禮。但王澤周無法制止自己，他似乎還能對母親，對這個沒有去過比縣城更遠地方的鄉下婦人說出更無情的話。他夢見父親在一旁伸出手來要制止他……

王澤周終於從那個難受的夢境中醒來了。

他躺在床上，一身汗水。那本書仍然扣在他臉上，遮斷了刺眼的光線。在悶熱的空氣中，那本書散發著紙的味道，油墨的味道，和黏合書脊的膠水味。王澤周有如此糾結夢境的那些年頭，嚴肅書籍行銷通暢，所以，那些關於身分，關於國家，關於民族，關於反思，關於未來展望的書籍，都散發著剛剛走下生產線時的味道。

這樣的氣味充滿一個人身心的情形，多少也像是個夢境。

那本書被人挪開了。

光線有些刺眼，王澤周恍然看見一個朦朧的身影立在床前，那身影發出聲音在叫他的名字，王澤周。

王澤周沒有答應，這個聲音很熟悉，也很遙遠。

他眼開眼睛，是你?!

真的是父親站在他面前。

是我，王木匠手中拿著剛才他蓋在臉上的那本書，你做夢了。

王澤周說，我夢見村前的柏樹了。

王木匠說，那是想家了。

王澤周說，我沒有想家，我只是夢見柏樹了。

這一來，兩個人就找不到合適的話了。一旦靜默下來，一生小心拘謹的王木匠在此情形下更是侷促不安。

從小，父親在人前這種舉止，總是讓王澤周深懷恥感。對，心理學上就是這麼命名他的這種情感狀態的：恥感。這個人為什麼不能像其他男人一樣，大嗓門說話，大甩著膀子走路，打著哈哈跟女人們調笑呢？以至於他的兒子也跟他一樣成了一個拘束膽怯的人。

他對父親說：這裡沒有別人，你坐下吧。

父親說，我坐了兩天汽車，這輩子都沒有這麼長時間坐著不動，坐夠了。

王澤周問父親，那以前你是怎麼去我們村的？不是坐車去的嗎？

王木匠這才在床沿上坐下來，說，給我倒杯水喝。

喝了水的王木匠回憶起饑荒年間自己和師傅背著一套木匠工具，逃離家鄉，一路做工，乞討，一年多時間才到達那個使他重新安身立命的村莊。但他從來不習慣對人傾訴，所以，這些話他也沒有出口。那些話，只是像村裡剛剛出現的錄音機，按下快進鍵，那些清晰的歌唱與話語，吱吱嘎嘎幾聲就快速地過去了。他放下杯子，笑笑，說，沒想到你還把箱子當桌子用呢？他又說，王澤周，我來接你，我們一起回家。

王澤周指一指散亂在柏木箱子上，和摞在床上的那些書，我寫了信給你們，說了我今年假期不回去。

王木匠說，不是那個家，是老家。

老家？

王木匠從手上掏出來幾個皺巴巴的信封，放在了兒子面前，老家，我的老家，也是你的老家。

昨天晚上，他看的雜誌上，評論家和當紅作家正在熱烈討論尋根文學。

王澤周想，我也要尋根去了。

於是，王澤周就跟著父親去往那個老家。父親的老家。

中午出發，天近傍晚才接近了那個地方。下了長途汽車，一條土路與公路交接處的標誌牌指向一個淺山和山間平壩交界處的村莊。路牌上村莊的名字和父親在學院寢室中掏出的那幾只皺巴巴的信封上的地址是同一個名字。一向平靜的王木匠走在一邊是茶園一邊是稻田的土路上，顯得氣喘吁吁。快走到村子跟前時，父親對兒子說，我要休息一下，我要休息一下。

兩父子在離村子不到兩百米遠的地方坐下來。

太陽西斜，近在咫尺的那個村莊升起了淡淡的炊煙。這是一座中國內地常見的青瓦白牆的村莊。在他父親口中，這就是老家。正是老家這個詞，反倒使得王澤周對這個村莊只有陌生至極的感覺。他這一天的經歷，就像是一個漫長的不曾中斷的夢境。他希望這只是一個夢境。父親在他身邊捂住臉從口中發出了咿咿唔唔的聲音。

他聽見自己說，你哭了？回老家應該高興才是啊！

父親說，我害怕。

父親在王澤周出生那個村莊，是外鄉人，也是外族人，現在，他回到了自己真正的老家，到了村口卻再邁不動步子，他說，我害怕。

在來到這個村莊的汽車上，王澤周讀了父親身上那幾封皺巴巴的信。大約知道了父親這個外鄉人的身世。他就出生在眼前這個村莊。十多歲不到二十歲時，父親的一個姊姊餓死。為了給剩下的家裡人——母親和三個弟妹省一點救命糧，他跟著一個老木匠出外逃荒。用了一年多時間，一路做工乞討，當他終於在深山中那個異族村莊停留下來。這時，一起上路的師傅已經死在路上半年多了。十來年前，他寫信和老家的人聯繫上了。那時，他母親還在，三年前，他母親也過世了。

父親還在哭泣，他說，有什麼意思，有什麼意思，我想讓你奶奶看看出息了的孫兒，可她老人家已經過世了。

從那幾封信中，王澤周還知道，自己該叫奶奶的那個老婦人沒死之前，父親在老家的三兄妹已經分家自立門戶了。而這些信也不是三兄妹中任何一個人寫的。

每封信都是這樣開頭：明軒賢姪，老夫代筆，替你娘親轉告……

最後一封信是這位老夫子告訴王木匠母親的死訊，並催他歸鄉：

明軒賢姪：此次致書於你，世間已無有你的娘親，子欲養而親不待，想必賢姪定是追悔莫及矣。族中人知你艱難，入於蠻人之地，生活所迫，娶蠻婦，共生子，我族中人莫不唏噓歎息。你娘親臨終之時，留有遺言，說你蠻中之子既已長成，自當能奉養其母，你正可決然還鄉，骨肉團圓。

王澤周和父親坐在村道上，看著黃昏慢慢降落在這個與家鄉村莊截然不同的村莊之上。王澤周想，父親讓自己看信的意思是，他再不回山裡那個家了。王澤周也早定下主意，他就把父親送回到他的老家，只把他送到村口，卻半步也不會踏進這個村莊，也不會去見這個村子中那個把自己的家鄉叫做「蠻中」，把他母親叫做「蠻婦」的家族的任何一個人。

於是，王澤周對父親說，爸爸，你該回去了。

父親淚流滿面，你奶奶都不在了，我回哪裡去？

王澤周的口氣變得冷峻了，你不必害怕，他們不是三番五次叫你回來嗎？

王木匠說，我認不得幾個字，我家那個老表舅之乎者也的話，小時候我就聽不懂。

那你怎麼回來了？

我只曉得家裡來信就是叫出遠門人的回去，我確實也該回來看看了。我離開家的時候，是比你還小的年紀，算算，都三十多年快四十年了！

王澤周站起身來，對著王木匠鞠了一躬，說：爸爸，放心吧，我會照顧好媽媽。說完，王澤周背朝向那個村莊，向著公路的方向奔跑。他聽見父親在身後叫他，叫他的名字的聲音是那樣的無助與悲傷。但王澤周想，你已經回到你的家鄉了，你可以跟你的家人在一起了，你已經回到你的家鄉了。於是，他加快了奔跑的腳步。跑得越來越快，這甚至讓他想到了一本借回寢室還沒有展讀的美國小說的名字《兔子，跑吧》。接下來，黃昏的微光消失了，他把奔跑的身軀投入了黑暗，偶爾一輛駛過的汽車打開的車燈，把公路、公路邊的樹和田野照亮，駛過之後，便把車後的一切都留給了更深的黑暗。

王木匠在身後喊，王澤周，你要去哪裡啊?!

王澤周沒有回答，他只是在陌生的鄉間的土路上奔跑，在汽車駛過後迅即陷入黑暗的那條公路上奔跑！

他聽到了父親的哭聲，他仍然沒有回頭。

然後，那個從這個村莊逃荒去到他的家鄉的王木匠就被拋棄在他身後的暗夜裡了。兩小時後，王澤周置身在一個陌生縣城裡，他用十塊錢入住了一家旅館。第二天，他回到省城裡的學校。他在公共衛生間裡把自己從頭到腳用涼水沖洗一番。然後挺直腰身坐在柏木箱子前看書，卻怎麼都看不進去。蒙上被子睡覺，怎麼都睡不著。半夜剛過，他就起床了。他要回家，他要跟母親在一起。他小時候就聽人閃爍其詞地用猥褻的言詞談論村裡的壞男人如何欺侮一個無依無靠的姑娘，王澤周知道他們說的就是他的母親。現在母親又是孤身一人了，他不能讓她一個人留在村裡。

走到街上，公共汽車還沒有開始運行。他徒步穿過半個城市到達長途汽車站。兩天後的下午，也是斜陽西下的時分，他已經回到了那個有老柏樹的村莊。

還沒有走到家，王澤周就遇見了母親。

她正在地頭把割下的青草，一把把捆起來，晾在柵欄上。這些青草晾乾了，儲存起來，是來年春耕時耕牛的飼草。當母親的在柵欄邊直起腰身時，剛好看到兒子大步向著自己走來。她還沒有說出話來，王澤周就張開雙臂把她抱在了懷裡。兒子成人後，母子間再也沒有過這樣的親暱的舉動。母親在他懷裡只是短短地倚靠了一下，便掙脫出來，紅著臉說：鄰居看見了，要笑話呀！

過去的王澤周靦腆內向，特別在意別人的眼光會如何看待自己。但今天，他再一次張開雙臂把母親擁入懷中，他說：他們就是把嘴笑歪了也沒有關係。的確，上大學的這兩年，且不說學問的增長，王澤周已是一個身體硬朗的成年人了。母親倚在他懷裡，良久，才開口說，好了，兒子，咱們回家去吧。

回到家裡，她問王澤周，你爸爸呢？

王澤周低下頭，沒有說話。

你爸爸到城裡去看你，他沒有找到你？

王澤周抬起頭，看著媽媽，口氣裡有掩不住的埋怨與責問，你怎麼才想起他？

這回是媽媽低下頭，你知道，我跟他一直是這樣的。

王澤周說，他不會回來了。

母親還是全不在意的口氣，他會回來的。

王澤周逼問，他為什麼要回來？

母親說，他會回來的。

他回他的老家去了，爸爸他也有自己的家鄉。

他的家鄉是什麼地方？養不活一個人的地方，還是家鄉？

王澤周有些憤怒了。他開始滔滔不絕地說話。母親很吃驚，一方面吃驚於兒子的滔滔不絕，更吃驚於兒子所說的內容。而王澤周滔滔不絕的時候，腦海裡還浮現出書裡的詞。伊底帕斯情結。弒父。那他現在是什麼？發布對母親的宣判。譴責母親沒有用全部身心愛過父親。王澤周放緩了口氣，再說他跟著父親去了卻沒有進入的，那個由稻田和茶園環繞的青瓦白牆的村莊。王澤周還說了，父親那幾封家鄉來信的內容。

然後，他對母親說，爸爸肯定不會回來了。

他用寫文章的雄辯口吻對母親說，我是不會愛那個村子，所以我沒有進去。可是，我想以爸爸的眼光看，那一定非常美麗溫馨。在我們這個村子裡，他永遠是一個異鄉人。不要說別的人，連他的妻子也並不看重他。媽媽，請你不要打斷我，你以為爸爸，還有我，沒有聽過你以前的和那些人相好的故事嗎？他的語氣的確是宣判的口吻，而你連一點內疚之情都沒有，不就是因為他在你眼中，和村裡所有人眼中一樣無足輕重嗎？這時，王澤周心頭多年模糊的痛楚一下變得清晰了，無足輕重！這麼多年，他的父親在村子裡像一個飄忽的影子，連帶他的兒子從小也是一個被輕忽的對象。說這些話的時候，王澤周自己也面色蒼白，渾身顫抖，最後，他長出一口氣：也許我不該說這些話，但我已經說出來了。

媽媽深深地俯下身子，用雙手捂住臉，不斷抽泣，不斷重複一個詞，報應，報應，報應啊！

王澤周發現自己竟能如此凶狠地逼問，報應？因為什麼報應？就跟他老是悄悄對我講爭氣，爭氣一樣！什麼是爭氣?!

母親無語，只是更深地俯下身去，更深地抽泣。

王澤周吃驚自己心裡竟沒有泛起應有的同情，而有更多惡毒的話語在心頭湧動，於是，他起身衝出了屋子。村子很小。背後是覆蓋著林木的陡峭龐大的岩石山體。前面是玉米地，再前面，就是那幾棵扎根在裸露的花崗岩石丘上的老柏樹。他跑到那個石丘頂上，站在那幾株柏樹下，看到了河上喧騰的激流。他想起那個從這條河上，從這段湍流中在他眼前一掠而過的失蹤了的漂流客。漂流客一定以為自己是能掌控自己命運的人。但當時，河上的浪頭，把他的命運之舟托起，又拋下，即便他仍在揮舞著槳葉，但都是徒然的舉動。想起那個其實是隨波逐流的探險者，那個漂流客，王澤周心裡充滿了悲傷，以及無力的憤怒。而這條河的河岸上，再也沒有當年那種激流的咆哮也打不破的寂靜了。人們在砍伐陡峭山體上那些柏樹。利斧的聲音，帶著發動機的電鋸那神氣十足的聲音在山間迴盪。更加震動人心的是那些巨大的柏樹倒下時發出的巨大轟響。在那巨大的轟響中，柏樹在重重倒地時，把自己摔得斷肢亂舞，碎屑飛濺。

就在村子旁邊，一塊玉米地被平整出來，搭起了兩排簡陋的木板房。這是那些伐木人的營地。伐木場是縣政府新建立的企業。如果不是縣裡這些年所建企業中最賺錢的企業。

王澤周坐在石丘上，在他視線所及之處，那些巨樹倒下，又從懸崖上直衝向河岸的轟隆聲，壓過了河流的喧響。他想起在村子裡影子一樣存在的父親。那個在家裡也被自己和母親一樣忽視的父親。他從來沒有像愛母親一樣愛過父親。村裡人輕忽他，因為他是一個沒有根柢的外鄉人。雖然他就像這個村子裡的人一樣生活，一樣勞作，吃一樣的飯食，說一樣的話語。但他依然是一個無根的異族人。他自己對父親的輕忽是被村裡的氣氛所規定的。從小，他就依戀母親，親近母親，而一直把沉默的父親當成一個可有可無的存在。現在，這個人離開了，消失了。他才發現，自己是愛這個父親的。他後悔自己背向那個村莊，開始逃離一般奔跑時，沒有帶上父親。

一個人待在家裡的兩天時間裡，他和母親幾乎都沒有說話。

母親似乎一下就變得蒼老了，再沒有前兩年她洗了頭，在窗前梳理頭髮時，和他一起提著籃子到那花崗石丘上收集柏樹香葉的嫵媚了。

王木匠在家的時候，他的兒子，他的妻子都意識不到他的存在，或者說，他的存在，是他們一個永遠的尷尬。村裡人什麼都不說，但他們總能讓你感到那種尷尬。

第三天，王澤周再也忍受不住家裡這種凍僵了的氣氛，他把不多的幾件換洗衣服和幾本書塞進牛仔包裡，他母親完全明白，這意味著什麼。反正她自己在哭泣的時候，已經說了，報應。母親哭泣的時候，他沒有過去抱住她，她也再不敢隨便伸手碰觸兒子的身體，拉住他的手臂，或者，把頭靠在他漸漸寬大的肩膀上。他想，明天自己該回到學校了。他想，當年這個村子，還有母親，不應該收留那個逃荒的木匠。那麼，這個世界上也就沒有一個叫做王澤周的混血的雜種被他在大學裡的同學所輕慢，讓他對這個世界產生疏離之感。疏離，這是從書上看來的一個詞。疏離，但他現在帶著某種快意將其加深一步，厭離，是的，厭離，厭離，厭離，厭離……他從家裡跑出去，穿過玉米地，穿過伐木場的臨時營地，登上花崗石丘，投身到老柏樹的蔭涼與香風中，嘴裡一直在念咒一一樣念叨那個詞：厭離，厭離，厭離，直到他對著大河大吼一聲：厭離！

那一聲吼真是歇斯底里，也許是山間毀壞千年柏樹林的伐木聲太過響亮，也許是這兩個黑暗的字眼發音太過喑啞，他那一聲喊並沒有得到什麼回應。那些伐下的柏木，被嘶叫的電鋸切成段，再用嗚嗚嘶叫的絞盤機從河的那一岸用鋼索絞到這一岸，再由人工裝上一輛輛載重卡車，運到拜物熱初起的世界。他知道這些木頭會運到他上學的那個城市的郊區，在一些家具廠中做成整套的家具，走進這座城市中那些剛剛裝修完畢的商品房。

王澤周發出嘶吼的時候，那些往卡車車廂裡抬著沉重柏木的人們，只有一兩個人似乎聽到什麼，稍稍抬了抬頭，就又和其他人一樣埋頭看著腳下，艱難地把一段段剛伐下的樹木抬進車廂。伐木場建立一年多了。村裡的沒有別的活計的男人們，幾乎每天都在河岸上往卡車上裝木頭掙錢。在政府文件中，這叫村民增收，每個人每月掙到的幾百塊錢，都寫進了縣政府工作報告。在報告中，這個村子因了這伐木業的興起而成為村民增收的典型。

王澤周看見裝卸柏木的人中，有一個人是他父親！

他跑下丘崗，越過公路，來到那個在河邊開闢出來的裝卸場上，果然是父親！

卡車停在一段斜坡下面，人們四人一組，下蹲，把繩索繫到木頭上，把抬槓上肩，發一聲喊，憋紅臉，睜圓眼，沉重的木頭，斷口上露出數百年的年輪，一圈圈年輪間沁出眼淚般的透明樹脂的柏木便離了地，在低沉的號子聲中，慢慢地被抬進車廂。從地面到卡車車廂，鋪著幾塊厚實的木板。一雙雙承受著木頭全部重量的腳踏上去了，厚實的木板發出吱吱的聲響。王澤周跑到卡車跟前時，的確看到父親就在那些抬木頭的人中間。他為回老家穿上的皮鞋脫掉了，放在他簡單的行李旁邊。他赤著雙腳，小腿上的肌肉青筋畢現。王澤周從來沒有這麼認真地端詳父親的軀體，所以他吃驚父親那看上去瘦長細弱的身子卻有這樣結實有力的雙腿支撐。父親看見了他，只是有著深刻皺紋的眼角與嘴角稍稍綻開一點，就又埋下頭去，承受肩頭的重量了。

王澤周的眼光一刻也沒有離開父親勞作的身體。他壓著抬槓的肩頭，扶著抬繩的手，汗水涔涔的頸項，還有那青筋畢露，結實有力的雙腿。這個因為人的輕視而像個影子般存在著的人，原來也是一個血肉飽滿的軀體。是一個勞動者，一個含辛茹苦的父親。

王澤周站得離人群遠了一些，那是因為不願人看到自己眼中迷離的淚水。王澤周知道自己淚水盈眶，因為父親的形象在眼中顯得迷離起來。

一輛卡車裝滿開走了。

終於，所有卡車都裝滿柏木開走了。

父親在河邊洗了腳，穿上皮鞋，見兒子已拿起了他簡單的行李，他笑笑，王澤周，我去學校，你不在，我想你肯定是回家來了。

王澤周語帶哽咽，爸爸，我以為你不會回來了。

接下來，父親又隨村裡人去到伐木場的營地，在伐木場會計室窗口前，往表格上摁手印，領取工錢。照例，父親排在了所有人的最後面。他對兒子說，你先回去，我領了工錢就回家。

王澤周知道，自己再不離開，眼裡的淚水就包不住了。

他快步回到家裡，母親的眼光落在他臉上，又落在他背上父親的行李上時，臉上掠過一絲驚喜的表情。然後，她腿一軟跌坐在地上，哭出聲來。這一下，王澤周也放任自己哭出聲來。

王木匠是在母子兩個的哭聲中踏進家門的。他站在屋子中間，神情緊張地問，我不在，家裡發生什麼不好的事情了？

母親趕緊收住哭聲，擦了淚水，拿出酒壺，倒上一碗，雙手給丈夫奉上。

王木匠說，給王澤周也倒上一碗，他如今是大人了。你也給自己倒上一碗。

兒子說，爸爸，我以為你不回來了。

父親說，我不回這裡能去哪裡？

妻子哽咽說，連家都不回，你就去打工掙錢了。

王木匠說，好了好了，除非你要趕我走，我是不會離開這裡的。然後，他舉起酒碗，把半碗酒潑在地上，說，都喝一口，為了我死去的母親。

兩母子也學他的樣，潑了些酒在地上，默默喝下。

有了酒，尷尬的氣氛有所鬆動，父親從行李中取出他老家吃食，母親也從櫃子裡取出肉乾。王木匠依然平靜如故，母親先是被愧疚的情緒所控制，再喝一陣，才敢抬眼看自己的丈夫了。王澤周平生一次喝了這麼多烈酒。他昏昏沉沉躺在地上。他看到母親盯著父親時，臉上又露出了嫵媚的神情。他閉上眼睛，聽見父親開始說話。他說他的老家，說他三十年沒見過面的去世的母親。說他三十年前，怎樣來到這個村莊。

母親醉了，她說，那時，你就倒在羊圈裡，快要餓死了。

父親說，那時你也好不到哪裡去。你是地主家嫁不出去的女兒，住的那個地方房子也比那羊圈好不了多少。

母親聲音喑啞，那時你什麼都沒有，沒有吃的，也沒有一件多餘的衣服，就有一套木匠的工具。

父親還對王澤周說，那時，這個村子只有你媽媽可憐我，對我好，那時，你媽媽家的大房子被沒收了，她的爸爸媽媽死了，她一個人住在一個破木板房裡，就在我們現在這座房子的地基上面。王澤周見父親第一次喝了這麼多酒，也第一次見父親有點放肆的說到他的母親，王澤周，那時你媽媽其實沒有現在漂亮。很瘦，很害怕，她是後來漂亮起來的，她是後來變成現在這個樣子的。

這些都令王澤周分外地感到家的溫暖，雖然他是出身於一個跟村裡其他人家都不一樣的家庭——母親出身於一個破落戶，父親是一個異鄉來的異族人——即便是這樣，他還是感覺到了家的溫暖，在這個父親從他老家歸來的夜晚。同時，在父親說母親是他們婚後，是時勢變好後才漂亮嫵媚起來，才從一個擔驚受怕的人變成一個充滿幸福感而總是對人充滿憐憫之心的人的時候，王澤周感到直接來自心房的銳利的痛楚。因為，從小到大，他聽到過村裡人的種種談論。這些談論都跟他母親有關。這些談論都明裡暗裡地說，那個時代，他的母親曾經，曾經，只要是有個人願意，就可以肆意輕薄。那時，只要是個男人，只要這個男人沒有憐憫之心，只要這個男人的身心受到獸性的驅動，那麼，在那個時代，就有一個年輕的、身體乾巴巴的女人，情緒總是處於驚恐之中的女人，可以供他們宣洩對於這個世界的惡意與突然而至的肉慾。王澤周從很小就聽到過那些看似隱約卻又十分顯明的話題，這個村子裡，在他出生前的那些年頭，有一個女人可以供人隨意侵犯，這只是因為她的出身，因為這個出身，這個弱女子無法對這個世界作出任何反抗。

後來，這個弱女子遇到了一個來自異鄉的男人。這個隱忍的男人會用木匠那些鋒利的工具保衛自己的家庭與女人，更何況，後來他們還有了一個叫王澤周的兒子，更何況，緊接而來就是讓人人平等的好時代。

這個一家人喝酒的夜晚，王澤周第一次敢於在心裡清理這些記憶，第一次敢於讓這些隱約的印象清晰地在腦海中浮現。

他也喝得有點多了，他說，媽媽，爸爸，我愛你們。

王澤周說，媽媽，爸爸，放心，我們不會再回到那個時代了。然後，第一次醉酒的他就暈過去了。

他是在樓下響起的敲門聲中醒來的。伴著敲門聲，還有念誦祈福經文的聲音。

王澤周發現自己昨晚上都沒有上床。就睡在起居室的火爐邊上。聽到這敲門聲，正在準備早餐的母親的身體和表情都緊張起來。

王澤周從窗口往下望，看見的情形是年年都要上演的。驅雹喇嘛的兩個徒弟站在門前，一個晃動著轉經筒大聲誦念，另一個一手牽著袈裟一手拍門。王澤周還看見，父親正穿過玉米地，走回家來。他的頭上熱氣蒸騰，一大早，他就去河邊往卡車上裝那些沉重的柏木了。

見到這戶人家的男主人回來，兩個小喇嘛側開身子，等他從牆洞裡伸手到牆裡，撥開門閂。

王木匠領著兩個小喇嘛上樓來。他說，還是往年的老規矩吧。

母親還是呆立不動，兩個小喇嘛的誦經聲又高了起來，在王澤周聽來，這聲音不是祝佑，而是催促。

王木匠對妻子說，老規矩了，我知道你都準備好了，拿出來吧。

母親去了儲藏室，搬出來一只柳條筐。上面還覆蓋著一條哈達。母親把這柳條筐搬到窗下的矮條桌上，揭開哈達。顯出裡面那些供養。一小包大米。一塊新鮮的酥油。一塊磚茶。她把這些東西拿出來，一一放在桌上。小喇嘛把這些東西一一收納到一只空口袋裡。最後，柳條籃子裡剩下了一件精心包紮的東西。王澤周知道，每年母親的都要給驅雹喇嘛縫一件黃絲綢襯衫，如此這般，已經好多年了。所以，兩個小喇嘛也知道這是上給他們師傅的供養，直接就要伸手到籃子裡取。她突然提著籃子站起身來，她說：「你們在防冰雹，鄉裡的防雹隊也在防冰雹，防住了，不知是誰防住的，去年沒防住，冰雹把剛要上市的辣椒都打光了，那就是兩家都沒防住。」

兩個小喇嘛臉上就有點掛不住的意思。

她說：「至少，鄉裡的防雹隊不收供養。」

然後，她轉過身去進了儲藏室，沒有了聲息。

兩個小喇嘛卻還在等待。

王澤周對他們說：你們走吧，沒有什麼好等的了。

一個小喇嘛急了，臉上出現了威脅性的表情，翕動著嘴唇似乎要吐出什麼嚴重的話來，還是另一個理智些，搶在他前面，帶著笑意開口了，施主家是知道的，每年，防雹儀式，師傅都叫我們對你家這一方多費些心力呢。

王澤周笑了，防雹隊每次都把發射器架在老柏樹前，我們家這些莊稼都用不著你們操心了。

序篇三

一次遊行，或者木匠故事

那一年，畢業時刻一天天臨近，學生們都心浮氣躁。

那時大學畢業生都是統一分配。年級，和班上開會，以及共青團的支部活動，都講根據國家需要，無條件服從分配。何況，他們這樣的少數民族畢業生更有責任回到那些邊遠地帶的家鄉，報答鄉梓，貢獻國家。這是正式的一套話。私下裡，比如在學生宿舍，就是另一套話了，尤其是那些幹部子弟，他們總在傳遞有各種門路可以改變分配去向的消息。入學時，貢布丹增父親是副縣長，現在已經升了縣長。所以，貢布丹增可以大聲張揚自己是鐵板釘釘的留校人選。入學的時候，貢布丹增用的名字是張勇，入學一年後，他改用了藏名。他說，他剛出生就由一個活佛起了貢布丹增這個名字，張勇這名字是上小學時臨時取的：因為漢族名字不會被人歧視。依他在學院裡的肆意張揚的作風，他說到歧視這個話題，真讓所有人都感到吃驚。

他挑釁似地對王澤周說，我用了名字，只是個巧妙的方法。跟你不一樣。澤周，明明是個藏族名字——他用藏語發音把這個名字念出來，其實是則——吾——周——你看，明明是藏語，你偏要寫成跟漢族名字一樣：澤周！你怎麼不寫成澤東？還要姓個王！

王澤周不得不回應，我父親姓王！

你以為有個漢人父親就了不起？漢族人就把你當漢族人？屁！

這個名字表明了我混雜的基因不行嗎？

喲，你怎麼不像那些人說自己是團結族？混雜的基因，其實都是雜種！

王澤周反駁，是個人就行。

貢布丹增說，問題是你明不明白自己是什麼人？連自己是什麼民族都弄不清楚的，怎麼算是一個人？

都說上大學可以把人變得眼界開闊，卻把你上成了一個民族主義者，王澤周說。他同時覺得，狹隘，民族主義這些詞彙都是從課堂上聽來的，從書上看來的，可以指明當時的一些狀況，但這些狀況只經過指認又有什麼用處？除非你能消滅這種狀況。但在這所大學，血氣賁張的年輕學生卻是被這些詞把不良情緒喚醒與放大，而不是從這些概念得到理性的點化。把名字從張勇改成了貢布丹增的這個同學，就越來越以藏族這個族別為標榜。他和他們，堅持著要讓王澤周這個混血兒，越來越強烈地感受自己就是一個什麼都不是的雜種。剛讀了一兩本後殖民主義理論的年輕講師，用激情四射的聲音在課堂上說出諸如「身分」，諸如「認同」，諸如「撕裂」這些名詞的時候，王澤周真的能感到某種殘酷的撕裂正在自己身體內部，在同坐於一個教室的同學之間，清晰地發生。那些不可見但可以感覺的裂口越來越大，先冒出曖昧的煙霧，然後，冒出確切的鮮血。下課鈴響，老師夾上講義得意地昂首走出教室。留在身後的，是某幾個女同學傾慕的眼光。以及，平時喜歡打鬧的男同學們意味深長的沉默。就是在這種情形下，某一天課後，張勇打破了教室中的這種沉默，宣布把名字改為貢布丹增。同時還宣布了這個名字的意思。尤其強調貢布是藏傳佛教裡凶猛的護法。畢業分配季到來的時候，他又在宿舍裡宣布，分配的事，他不會只顧自己，藏族兄弟我是一定要幫一把的。根據他的族別鑒定法，必須得血統純粹，很顯然這一條已把王澤周排除在外了。雖然在身分證和學籍冊上，王澤周的族別也是藏族。但他父親是個漢族木匠。當然，當年帶著一只大褡褳，而不是一口笨重的柏木箱子來學校報到的多吉自然符合這個條件。好多次了，宿舍裡熄了燈，每個人都躺在黑暗中，或者想著即將來臨的分配，或者被不請自來的情欲所控制，有人歎氣，有人翻身，雙層床鋪吱嘎作響。

這時，貢布丹增突然說話了，多吉你放心，你就到我爸管事的縣去，我跟他說了，你就到他手下，在縣政府工作！

多吉說，謝謝大哥！

貢布丹增說，操！也許過不了幾年你就當上鄉長，或者什麼局的局長了！

大家都不說話。

他又說，操！你也不說句感謝老子的話。

多吉說，謝謝你。我們全家都謝謝你。

宿舍裡沉默下來，窗外路燈的光透進來，使得宿舍裡的物件都影影綽綽地顯現出來，唉，貢布丹增還意猶未盡，模仿著學生話劇團上演的莎士比亞劇中台詞的句式，留校當教授，還是到地方工作，真是一個值得思考的問題。將來當教授，還是當領導，真是一個值得思考的問題。最後，他自己對自己下鋪的多吉作了結論，好吧，就這樣分工，為了我們偉大的的藏民族，你當領導，我當教授。

其實，貢布丹增時時刻刻顯示的都是他才是領導。

一件事先毫無徵兆的突發事件使得他的領導才華得到盡情展現。

事情是當地晚報副刊上的一篇文章引發的。這篇文章的作者就是本校的老師，一位副教授。副教授的文章控訴的是知青時代的艱難歲月。那時傷痕文學流行的時代已經過去了。但作為這個文學風潮的某種尾聲，當年知青的控訴依然餘音嫋嫋。這篇文章也是這種心有不甘的尾聲中的一個小小的並不響亮的音符。這位副教授也是學校裡最早言說後殖民理論，喜歡講身分，講認同這種舶來學問中的一位。是不再用階級理論闡釋社會現象的新派人物。這種人也是文化平等論者。引發他寫這篇文章是因為這城裡當年的知青們突然發起的叫做「青春無悔」的活動，這個活動包括了展覽、知青歌曲的廣場詠唱等活動，當然，包括在本城晚報上集中發表回憶文章。當這位副教授執筆寫這篇文章的時候，卻被某種怨懟的情緒控制住了，忘了自己在課堂上所有文化都有平等地位，都有同等價值，也無所謂先進落後一類的說辭。他下鄉在藏區的一個王澤周家鄉那樣的小山村。他寫自己從城市文化人的家庭初到那個小山村時，村裡人歡迎他們，端上來半生不熟的而且很不乾淨的牛肉，他寫道：真的回到了茹毛飲血的野蠻時代，不禁讓人驚訝而又絕望，也因此對上山下鄉運動的偉大意義產生了疑問。向貧下中農學習，就是來向這樣的人們學習，最終把自己變身為一個野蠻人？

那是日報開始退場，晚報開始走紅的時代。教室後方的報架上，晚報被取閱的次數總是大大超過日報。那天的課間操時間，天下著小雨，雖然喇叭裡依然響起廣播體操的音樂和口令聲，但大家都留在教室裡。手持晚報的貢布丹增突然激動起來：操！這是侮辱我們藏族人！

幾乎是每天，幾乎是每時每刻，諸如此類的事情，在這所學院圍牆之內，這個多民族共處的特別圈子裡，都會激起一些情緒的波瀾：激憤的、幽怨的、隱忍的或者張揚的，但也都很快就過去了。這不，上課鈴聲響起，那份在好幾人手裡傳遞過的報紙又回到了身後的報架上。上課。老師說，這一回想離開課本，結合最近的參加的考古發掘講講考古學與地方史構建。

下了課，老師走出教室，值日生擦去黑板上的文化層示意圖，兩個模仿家畜頭形的陶罐圖形剛擦去一多半，貢布丹增突然說，更準確地說，是叫喊了一聲：歪曲！

那聲喊叫太突兀了，從沉靜的有些神祕的考古氛圍中爆發出來，未經鋪墊就上到那麼高的音量，讓所有人都吃了一驚。使得值日生手裡的黑板擦都嚇掉到了地上。以至於走出教室的老師挾著厚厚的考古報告又回到教室。老師的臉上露出了憤怒的表情：歪曲，我鄭重告訴這位同學，恰恰相反，考古就是對那些關於文化假想與歪曲進行證偽！

貢布丹增手裡嘩嘩地揮動著那一沓報紙，在他手中像一隻掙扎著的羽毛紛亂失序的垂死的大鳥：歪曲！他是那麼激動，對老師擲地有聲的話充耳不聞，他又喊了一聲：歪曲！手裡那隻羽毛紛亂的嘩嘩作聲的怪鳥就從他手中飛了出去，飛出了窗口。好幾個人撲向窗口，貢布丹增扒開了他們的身軀，趴在窗口上，那團怪鳥般的報紙盤旋著下降。貢布丹增對著那團迎風飄散開的報紙用更大的聲音喊：歪曲！

從樓下經過的學生們都抬頭去看那飄飛在空中的報紙。幾張報紙飄散開來，緩緩下降，貢布丹增那一聲喊彷彿往他們身體裡注入了什麼，無端地就使一些人激動起來。

這些激動起來的人，不知是對著慢慢降落的羽毛四散的怪鳥，還是窗口上那個用一頭紛披的鬈髮與吶喊彰顯憤怒的腦袋，起初紛亂的聲音迅速就變得整齊有力，體現了青春盲動的共振力量：下來！下來！下來！

迅即教室裡的一部分人也騷動起來，紛亂的聲音也迅速協調整齊：歪曲！歪曲！並在這聲音裡迅速集結，湧出教室，奔下樓去。剛講了考古的老師這才明白那一聲歪曲不是針對他的課程，他臉上的表情鬆弛下來，搖搖頭說：不可思議。然後，他發現王澤周還愣在那裡，你怎麼不去？

王澤周也奔出教室，加入了樓下的人群。

人群發著喊，在操場上旋轉，同時，這些莫名憤激的年輕身體發出了聲音：報紙上說了什麼？

答案迅速傳開，具體一點是關於描繪吃生肉的內容，更多是直接的結論：大民族主義！歧視！侮辱！冒犯！

這些人在操場上每一圈旋轉，像是一個有磁力的黑洞，吸引了更多的人的加入。十多圈後，當面色沉鬱緊張的系領導、院領導出現在操場邊上時，已經有人寫好了標語，上面都是主題鮮明的憤怒抗議的字眼。領導的勸阻講話聲迅速被淹沒了。隊伍又在操場上轉了幾圈，然後，翻捲的漩渦打開，變成一道激流，湧向了校園外面的大街上，變成了一支遊行隊伍。於是，一篇小文章引發了一個大事件。未經批准亮出標語喊著口號拉起隊伍上街遊行就是一個大事件。

這支隊伍驚動了整座城市。學校領導尾隨這支隊伍苦口婆心地勸解，要求他們一切訴求都先回到學校去解決。學校領導尾隨了一站地那麼遠，卻沒有什麼效果，隊伍繼續向前。隊伍還吸引了越來越多的人的圍觀，造成了交通堵塞。好在他們標語上的和口中喊著的口號其實不是這個多數民族聚居的城市裡的人們的神經上的興奮點，他們聚集過來，看清了標語或聽清了口號，無端上升的腎上腺素驟然降低，說：哦，是大學裡的少數民族。

或者說：這些蠻子，也喜歡搞搞熱鬧。

所以，除了一些無所事事的街頭混混，這支遊行隊伍才沒有吸引到更多人的加入。

貢布丹增走到隊伍前面，情緒激昂地領呼口號，一頭漂亮的鬈髮隨著激越的步伐跳蕩飄舞。

這時，警車長鳴，警察隊伍出現，他們用現成預案中的A或B方案將這支隊伍逼迫或者導引著，使之離開了主要的大道，進入了一條濃蔭覆蓋的小街。這支隊伍裡的人卻更感威風了，這不，前面有警車開道，兩旁有警隊護送。

又走了有一站多路那麼遠，這座城市的相關官員出現了。隊伍停止前進，聽官員中最重要的那一個舉起電喇叭講話。苦口婆心，陳述利害，同時也帶著警告與威脅的意味。解決方案是學生推舉三名代表，向政府表達清晰的訴求。貢布丹增自然是代表中的代表。三名代表和政府官員離開後，遊行隊伍就解散了。警察在他們身後收拾丟棄的標語，清潔工來收拾其餘的垃圾。而王澤周驚訝於這麼一群人，在這麼短短的時間裡，就在這段街面上製造出了如此多的垃圾。廢紙——標語被警察收走了——還是剩下了那麼多的廢紙在街上。那些紙片是教科書上的某一兩頁、政治或色情文章的片段、邊角捲曲的雜誌、軟飲料乾癟的紙盒，除此之外，還有優酪乳瓶、木棍、碎磚、石塊、絲質或仿絲質的亮閃閃的髮帶、半新半舊的塑膠涼鞋、髒兮兮的手巾，這不像是可以證明一支遊行隊伍短暫停留的現場，倒像是一個剛剛撤離的夏令營留下的痕跡。但，這些就是迅速爆發又迅速消退的憤怒情緒的殘渣。情緒的嘔吐物。這使得王澤周在驚訝之餘也感到了一點羞愧。因此，他迅速回到學校。這一天他一直埋頭在書本中。教室裡人進進出出，已經變成了一座情報傳遞站。說那位寫文章的副教授被學校傳去談話，嚇得腿軟，幾次差點癱倒在樓梯上。說那幾位學生代表其實是進入了一個陷阱，他們已經被警方拘留了。還說有人要組織更大的活動，發動更多的學生分頭出發，在晚報社門前集會抗議。也有人說，那幾個代表所以被拘留，是因為與政府對話時，他們其實提不出什麼要求，那麼上面就得出了結論：這就是借機生事，無理取鬧了。所以，他們被拘留也就沒什麼好奇怪的了。等等，等等吧。這一天，從人們嘴裡冒出來最多的音節，就是貢布丹增。貢布丹增。貢布丹增好樣的。貢布丹增要倒楣了。貢布丹增這個，貢布丹增那個。

黃昏時候，突然有人喊，貢布丹增回來了！談判代表回來了！

這幾個學生代表取得了談判的勝利，這個消息在學院裡引起了許多學生的歡呼。

他們得到的具體成果是：報社簽發此稿的副總編停職，報紙在重要版面刊登報社與作者的道歉信。寫作此文的副教授由學院另作處分。後來傳出消息說，學院決定取消該副教授三年內申報參加正教授評審的資格。不過，很快這位副教授就調往同城的另一所更著名的大學了。

本就英俊高調的貢布丹增一時間成為校園裡耀眼的明星。

一件事情，就如此結局。對王澤周來說，一切都沒有改變。這種突如其來的事件，使得這麼多人激情洋溢，似乎要顛倒乾坤，結果只是鞏固了原有的秩序，高蹈的更加高蹈，沉鬱的更加沉鬱。

這樣的結果抵消了王澤周走上街頭時莫名鼓湧的激情，激情消逝，一切都顯得無聊與虛無。

星期天，寢室裡空空蕩蕩，擔心畢業成績的人去教室複習功課，貢布丹增這種不擔心分配的人都去街上閒逛。王澤周不擔心考試，但也沒人和他一道上街，便挾一本書，在校園裡樓前樹下發呆。恰好遇到丁教授，王澤周自然要上前問好。

丁教授說話跟他在課堂上一樣爽快俐落：不錯，不錯，我的課你一堂不逃，星期天還自己看書。

王澤周說，我喜歡丁老師的課。

我還記得你前天在課堂上提的那個問題，我告訴你，那個問題算是個問題，很多學生提不出這樣的問題！丁教授伸手抽出他夾在腋下的書，說，看看你看的什麼書。然後，他說，書不錯，不錯。還看什麼書？

王澤周說出了幾本書的名字。這幾本書都從圖書館借出來，放在他床前用柏木箱子做成的書桌上。

老師拍拍他的肩膀，連說了幾聲好，便走開了。

王澤周暗暗希望丁教授會跟他說說畢業分配的事情，他以前說過要保薦他留校任教的。但丁教授似乎忘記了這件事情，拍拍他的肩膀就逕自走開了。王澤周反倒慚愧起來。這些日子，在騷動不已的氣氛中，自己也跟著心神不寧。剛才說的這些書都是從丁教授課上聽來的，借回去卻沒有認真讀進去任何一本。其中一本三〇年代的藏學家所著的考察記說的還是王澤周家鄉的事情，他也沒有看進去多少。這天，他懷著慚愧的心情回到安靜的寢室，打開了那本考察記。他留意到其間一篇是寫木匠的。在藏區的漢人木匠。他故意跳過去，讀其他篇目，比如寫喇嘛展示神通的篇目。可是，眼前卻一直晃動著自己的木匠父親的身影。那個小心翼翼的，盡量不引人注意的勤勉的形象。終於，他開始讀那段文字中的，早於他父親三四十年活動在異族地方討生活的木匠。完全出乎他的意料，那個木匠也是在有岷江柏生長的農耕河谷中，替那裡的人們雕飾門窗，打造各式各樣的櫃子，因為手藝，因為勤勉而被當地的女子所熱愛，最終入贅到唯一男丁出家到寺廟的當地人家，與兩姊妹一起共同生活。那兩個女人都是他的妻子。王澤周眼前出現了另一種木匠的形象。他出去做手藝回來，在雇主家裡已經受過上好的款待，加了蜂蜜與酥油的酒漿使他處在舒服自得的微醺狀態，他瞇縫著眼睛任一個妻子從他背上卸下來木匠工具，那是一口分格的木箱，裡面有墨斗、曲尺和直尺，大小不一的斧子、鉋子、鑿子、鑽子和銼子，一只熬製皮膠的小鑄鐵鍋子，以及一青一紫一粗一細的兩塊磨刀石，最後是一張厚實的圍裙，圍裙常靠著案子的那一塊早就磨破了，打上了一塊用羊皮打成的針腳細密的補丁。王澤周熟悉所有這些東西。熟悉一個好手藝的木匠打開這只箱子時，會是什麼樣的狀態。連他父親那樣的人，那時刻，臉上也會閃現出自信自得的神情。只不過，在自己父親臉上，那只是轉瞬即逝的光芒。現在，他看到，那個早前的木匠任一位妻子從背上卸下工具箱，又由另一位妻子引導在屋內，享受她奉上的熱茶。因為他的手藝，他們的日子過得比平常人家要殷實一些，因此，這所家室瀰漫著一種安寧的氣氛。

這篇文章還明確寫出來這個木匠的家鄉，竟跟王澤周的父親是同一個地方。不知是不是同一個村，同一個鄉，但的確是同一個縣。也許，這個縣出木器匠人的傳統特別源遠流長。

王澤周讀得很慢，因為心裡不斷湧起眾多聯想與感慨。這種安寧靜謐中包含著情感動盪的氣氛，在自己家裡，卻是只有自己與母親在一起時才會發生的。父親一旦出現，他總把自己的存在收縮在最小最小的範圍，使得這種氛圍無從產生。那是改革開放的年頭，母親頭上的地主子女的帽子摘掉了。上面甚至派了人來，正式通知她可以搬回到民主改革時被沒收的大宅子裡去。當然，他們一家三口並沒有搬回到當年母親家的大宅子裡去。木匠父親說，我會給我們家蓋一座好房子。母親說，我才不去那座鬼魂不散的房子。王澤周童年的記憶中，有時母親背著一簍剛割下的青草，牽著他走過那座大房子投在村道上的影子時，會對他說，這是我們家的房子，那時她黯淡無光的眼裡會射出灼人的光來。但到了政府要歸還那座房子的時候，她臉上露出釋然的表情，說，我才不去那座鬼魂不散的房子。那時的母親身體枯瘦頭髮焦黃，在村子裡和父親一樣悄無聲響。正是改革開放後，到了王澤周背起書包，在村裡小學念書的時候，母親身上漸漸開始煥發光彩。她的臉上一天比一天多起來明亮的光彩，她的身體也在三十多歲上，長成了一個豐滿的女人的身子。頭髮和下面的眼睛也變得烏黑明亮。他們家也真的蓋成了一座新房子。因為父親的木匠手藝，有漂亮的門楣，有漂亮的雕窗。王澤周記得，剛搬進新房子的時候，樓上樓下，四壁還空空蕩蕩。只有平常起居的那間大屋子鋪了地板。白天，一家人席地而坐，圍著火塘吃飯、喝茶、說話。晚上，打開被褥，就睡在地板上面。夜靜下來，火塘裡火盡了，煙火味散盡的夜半，屋子裡便充滿了木頭的香味。大多數時候香味隱約，間或，一股猛烈的香味起來，但那都是岷江柏散發的馨香。

睡前，父親總順著王澤周身體的輪廓把被子從上到下掖得嚴嚴實實，有時，母親就會笑起來，說，王澤周像是睡在一只桶裡一樣。

那時，父親的臉上就會洋溢起幸福的表情，他看母親的眼睛會泛起光亮。

那時，半夜裡，王澤周偶爾會聽見那個大被窩裡傳來一些奇怪的聲響。以後回想起來，這也是他們一家的最為甜蜜的時光。而每天早上醒來，父親總是不在。他或者去山上伐回一棵柏樹，去皮晾乾。或者就在樓下，在院子裡，把他那些木匠工具弄出各種聲響。因為砍伐的樹木實際超過了上面批准的建房指標，一輛警車開到村子裡，給王木匠戴上手銬。他被拘留了足足半個月時間。半個月後，也是警車把他送回到村子裡來，這回手上沒有手銬。王澤周記得，那時母親臉上又出現了張惶驚恐的表情，村子裡的人有的出於同情，有些是幸災樂禍，說，這個女人又要犯病了。這樣的話讓王澤周痛徹心扉，他從村裡的傳言知道，母親年輕時又瘦又醜，但總有男人要占有她可憐的身體。那時，她不反抗，但害怕，很害怕。直到那個異鄉的木匠出現在這個村子。使她發現了一個比她更驚恐與絕望的人。她用她的破房子，她用她不純潔的身體收留了那個逃荒出來的異鄉人。所以，王木匠被警察帶走時，她當然會感到驚恐的重新降臨。好在，王木匠在拘留所待了半個月後回到了家裡。開始繼續建築自己家的房子，真到每間房子都鋪上了地板，每間房子都擺上了家具：床、櫃子、桌子。

那一次，經過了兩三個月時間，母親才又重新回到總是幸福總是憐憫的狀態中來。

每天，母親會催促王澤周起床，但又不忍心過早催他起床，使得好多時候，飯食剛剛擺在他面前，小學校召喚上學的鐘聲就響徹了村莊。

王澤周背上書包向著學校奔跑，回身時，總會看見母親站在雕花的窗口後面，頭髮烏黑，眼光明亮。

現在，王澤周在大學校園裡，因為手裡一本社會學考察的老書，陷入了回憶與聯想。

那一刻，他決定，畢業後立馬就回到家鄉。

他想起，母親領著他穿過村道，穿過那些莊稼地，走向村前的那幾棵老柏樹，細心的收集細碎的落葉，等它們乾燥後，在屋頂的祭壇中，在燃燒時散發出更濃烈的香味。

後來，事情就變得簡單了。畢業考試一完，他都沒有等到正式的畢業典禮，就收拾好東西，提前回家去了。以前，是他參與不了班上風光的男女同學的種種熱鬧，而這一回，他不再企望那樣的熱鬧。他把被褥與衣服打成捲，再用塑膠布包裹起來。那口沉重的柏木箱子則更加沉重，因為裡面裝滿了求學幾年積聚起來的書籍。

夏天一個有霧的早晨，他叫了一輛三輪車，出了學院的大門。他一路用手下意識撫摸著柏木箱子上的漂亮的紋理。天光漸亮。這口在他上大學期間充當了床頭書桌的箱子，開始泛出一種沉著的紫紅色澤。那些紋理有些如葉脈，有些如漣漪，三輪車顛簸著前行，箱子在車上搖搖晃晃，一時間，王澤周覺得，箱子上的柏木紋理彷彿心中某種情愫的形狀，一道一道，一圈一圈，水一樣地在這個城市的清晨微微晃蕩。

長途汽車駛出車站，車站裡的廣播聲和噪雜的人聲，和整座城市都漸漸在薄霧中落在了身後。

王澤周正在回家，他已不是當年離開村子時的那個鄉村少年了。

在縣人事局報到的時候，面對兩個選擇，一個是到中學教書，一個是到某鄉做文書。他說，我需要考慮一下。其實，他是想等多吉分配回來，看看他的去向。四年裡都和一個應聲蟲待在一個侷促的房間，現在，他要離這樣的人盡量遠一點。他把行李寄放在縣政府，回家待了半個月，走訪村前幾棵柏樹和花崗石丘的故事。這時，鄉裡一個幹部騎著自行車來他家，通知他到縣裡報到等待正式分配。他坐在鄉幹部自行車後座上，顛簸了幾公里到鄉政府。路上，他問這個氣喘吁吁蹬著自行車載他前行的鄉幹部任的是什麼職務。他告訴他：文書。文書？文書還要送信。嗐！那就是個名目，鄉裡事多人少，碰見什麼就得幹什麼！

鄉政府專門派一輛吉普車把他送到縣裡。人事局聚集了十幾位各大學來的畢業生。其中多半是和王澤周一個學校的。他的同班同學多吉自然也在其中。王澤周問他分在什麼崗位，他說：祕書，組織部。他面有得色，對他悄悄耳語：你知道，貢布大哥……王澤周打斷他，這個我早就知道。多吉問，那麼你呢？王澤周已經作了決定，但他說，我不知道。

所以，人事局的科長還沒有開口，他就說，我不做文書，我去學校教書。

序篇四

花崗石丘和柏樹的故事

教了兩年書，雖然不是師範專業出身，但無論教材與教法，都相當熟悉了。於是，王澤周又有了閒暇，從柏木箱子裡取出上學時看過和沒有看過的那些書，慢慢讀來。特別那些關於地方史和人類學方面的著作，在他讀來好像總是深有心得。

暑假回鄉下家裡，他又進一步去尋訪上學時曾搜求過的村前花崗石丘和那幾棵老柏樹的故事。

村裡人都說，知道這個故事最全的，是驅雹喇嘛。

王澤周記得少年時代，這個身穿袈裟卻蓄著長髮的人在夏日裡最悶熱的中午盤坐在花崗石丘上，背倚著參天的老柏樹。他已經在那裡忙活了一個上午，用泥、用麵粉捏出了種種偶像：像人的偶像，像獸的偶像，無論像人像獸都面目猙獰。還有一些泥偶具有某些奇怪的形狀，卻說不上來是什麼的東西。中午，驅雹喇嘛忙乎完這些，已經大汗淋漓，他把那些泥偶麵偶排列好，就坐下來，靜觀著天空中是否有烏雲出現。夏天，峽谷裡早晨是霧，太陽出來後，熱力蒸騰，那些上升的霧氣大多升到天上成為薄薄的絮狀白雲。有時候，峽谷中那些看不見的熱氣會把上升的霧氣聚集在一起，變成一座座墨色的山峰，或者攪和成一個個巨大黑色渦漩。大片的天空一片湛藍，但那些墨色雲卻在天空的某處不斷地聚集。這樣的情形常常發生在午後兩三點鐘。那時，沒有一絲風的峽谷裡蟬聲聒噪，天上烏雲聚集成的山會猛然崩塌，烏雲形成的巨大渦漩會突然迸散。隆隆雷聲中，驅雹喇嘛拚命搖晃著手鼓，對著烏雲念誦咒語。沒人聽得懂他的咒語，但聽得出他腔調裡怨怒的、乞求的、祈使的、譴責的情緒頻繁地交替出現。那時，隆隆的雷聲滾動著橫過村莊上空，雨水清涼的前鋒率先抵達，被強烈的陽光照耀得晶晶亮的雨水傾盆而下。頃刻之間，暴雨就把峽谷裡的悶熱蕩滌得一乾二淨，清涼的水氣四處漫溢。最多二十分鐘三十分鐘，雨水猛然收住，峽谷裡又滿是燦爛的陽光。山坡上的樹、地裡的莊稼都綠得耀眼。天空中的雲絮白得發亮。驅雹喇嘛從花崗石丘上下來，半瞇著眼睛，是一副累得半死的模樣。驅雹喇嘛要讓村裡人看到，天上所以降下來暴雨而不是冰雹，全是他奮力作法的結果。他的兩個徒弟把那些用過的泥偶麵偶拋進大河，然後，拿著師傳的手鼓和坐墊跟他回到半山上的小寺裡去。其實，那不是一座真正的寺，只不過是一個普通的稍顯孤獨的居所，而居所裡有個祕不示人的祭壇而已。

絕大多數時候，天上降下的確實都是雨水，但有時，峽谷裡上升的熱氣流太過強勁，會把已經降到半空的雨，又重新頂回到天上，於是，那些本已傾圮崩散的烏雲，又重新上升，重新聚集，更加陰沉更加凶狠地翻捲。按驅雹喇嘛的說法，那是製造冰雹的凶神從天上恫嚇人間。

後來，縣裡發了火箭彈在各鄉組建防雹隊，同時還派了科普宣傳隊，把講述冰雹形成原理的彩色掛圖展示在村子裡。人們一看就明白了，那些烏雲所以變成冰雹，都是夏天峽谷裡上升的熱氣太過強烈的緣故。是強烈上升的熱氣流把烏雲變成的雨水重新頂回天上，使它們在冷風勁吹的高空中凍成了冰，冰再次下降，又被熱氣頂著上升，最後，降落到地上的冰雹大小取決於往復的次數。也就是說，冰雹形成不是天上的原因，而是取決於峽谷中熱氣上升的力量。那是驅雹喇嘛的法術失靈的年代。天上烏雲聚集時，喇嘛開始擺布他那些泥偶與法器，參加了防雹小組的年輕人便把火箭炮拉出來。其實那只是一個簡單的發射架，就是中間安裝了一道金屬滑槽的木頭架子，用一個金屬三角架支撐起來。防雹彈前端一個爆炸部，中間是推進部，尾端的三角翼中間，伸出一段導火線。把發射架對準那些堆積如山，邊緣被太陽照出耀眼金邊的烏雲，點燃導火線，嗞嗞的燃燒聲中，青煙和火藥味瀰漫開來，火箭發出尖利的嘯聲飛向天空，以手遮額的人們可以清晰地看到火箭彈拖著有些彎曲的軌跡，一頭扎入天上的烏雲中間，轟然爆炸。人們願意看到這樣的情景，一發火箭彈的軌跡還沒有散盡，另一發火箭彈又升上了天空。連驅雹喇嘛也停止了念誦咒語，忍不住要抬頭去看火箭彈如何在烏雲中炸開。雲山在爆炸聲中崩散，很快，雨水就降落下來了。

驅雹喇嘛只好放棄了他傳了不知多少代的生計，去別尋生路了。

他的兩個徒弟都離開了他，一個去到白雲寺，正式落髮拜師，成了一個真正的出家人。另一個徒弟徹底從人們眼中消失了。沒有人知道這個人去了什麼地方。

再後來，夏日的天空中有烏雲氣勢洶洶地翻沸時，村前的老柏樹前，就只有防雹隊的身影了。即便用了科學手段，防雹隊也有失手的時候，冰雹劈裡啪啦地砸下來，毀壞了正在揚花灌漿的玉米，把蘋果園中沒有長成的青蘋果砸滿了地面。驅雹喇嘛曾經打算過重操舊業，但沒有人還要他再回來。冰雹落地不過兩三個小時，縣裡鄉裡的幹部就來在村裡了，他們站在泥濘的地裡評估災情。有了這個，除了對被毀損的事物本身的憐惜，人們並不像過去會為缺糧而擔心了。相信科學的年輕人還如此幻想過，既然冰雹是因為峽谷裡的上升熱氣流引起的，那給這些熱氣降溫不就行了？他們幻想，一排抽水機沿著奔騰的大河排開，噴起高高的水頭，就像省城廣場上的音樂噴泉和水幕電影，夏天的烈日一升上天空，就把所有抽水機打開，揚起清涼的水霧，峽谷裡的熱氣流不就起來直衝雲天了？

當然，他們也知道，這個世界上也許沒有這麼多抽水機，可以布滿上百公里的大河兩岸，而且，那麼多抽水機又需要多少電力呢？如今村子裡的家用電器越來越多，水電站發出的電不夠，需要加一台穩壓器來增加力量了。不然，燈光會變得昏暗，電機不肯運轉。何況，這些年輕人也正在離開村莊，去城裡替人看車，甚至有人遠走到省城，甚至外省的省城，去幹一些他們剛剛聽說過不久的營生：保安、挖掘機手、風情餐廳裡的演員……再不濟，也會買一輛卡車，為越來越多的工地運輸材料。這時，報紙上，電視上已經在說如何迎接新千年的話了。

料。

王澤周在這樣的暑期裡回到村裡，為的是繼續挖掘花崗石丘和老柏樹的傳說材

他在家裡問父母，村裡有誰最知道這些老故事。

母親望望父親，父親說，那就只有驅雹喇嘛了。

曾經在他十歲前後變得美麗，在中年燦爛綻放的母親開始變老了，肥胖的身軀都有些臃腫的意思了。王澤周還是會陪著母親去柏樹下收集馨香的落葉，陪著她在屋頂一角的祭壇上燃起祈神的香火。那時母親的禱詞是，神啊，蒙您的恩讓我這麼幸福，要是再有一個兒媳，有兩個孫子，我就更幸福了。

王澤周知道，這話不是說給神聽的，王澤周說，我聽見了，我怕媽媽再幸福就更加心寬體胖了。

母親說，可你爸爸，還是那麼瘦，他怎麼就不能心滿意足，休息一下呢？母親說，你勸勸他，讓他歇歇。王澤周知道，父親的手腳是停不下來的。家裡活做完了，他就出去掙錢，沒錢可掙了，哪一家有事，他就去幫忙。

王澤周是這樣勸父親的，你這樣，人家會笑話我。

父親說，笑話你什麼？

王澤周說，說我不奉養老父。

父親正色說，沒見過天底下的人笑話人勤快的。父親還說，你不是也閒不下來，假期了，不好好養養腦子，還搜集什麼老故事。費腦子的工作才是最辛苦的工作。父親因為能說出這樣的話有些自得，村裡人他們不知道，我可是知道，費腦子的工作最累人了。

這一來，王澤周就無話可說了。

父親也說，你要知道最完整的老柏樹故事，就只有那個驅雹喇嘛了。

於是，王澤周在盛夏一個峽谷裡熱氣蒸騰的日子爬上村後的山路，去訪問驅雹喇嘛。

驅雹喇嘛帶一座祭壇的房子在村後的山坡上，從那座房子可以俯瞰整個村子。他的徒弟離開後，下層的房子都廢棄了。王澤周上到二層的天臺，迎面就看見好幾年不見的驅雹喇嘛站在樓梯口迎他。喇嘛氣色不錯，雖然臉上皺紋增加不少，面孔卻像一隻老銅器一樣閃閃發光，他說，一早，樹上的鳥就告訴我有客人來訪。

這一句，就把他的訪問腰斬了，本來，王澤周是準備從他不為村裡驅雹後靠什麼生活說起，但看著他打掃得乾乾淨淨的房間，擦得錚亮的銅壺，知道那樣的問話就沒有什麼意義了。何況，他最終的目的，並不是尋求新舊對比的例證。於是，他說，你不認識我了吧。

喇嘛禮貌地說，認識啊，你是誰誰和誰誰誰的公子。

公子，村子裡從來沒有人會把別人家的兒子叫做公子。

這使得他也必須顯得文雅，顯得知書達理，他說，我此行前來，想請您講講柏樹的故事。

喇嘛說，公子，那不是一個故事，那是事實。公子，不是柏樹的故事，是柏樹下面那塊飛來石的故事。

王澤周沒有說話，等待他開講這個故事。聽完這個故事，他有些輕微的反感。從神話發生學的意義上講，他直覺這個故事是編造出來的。編造故事的人就是想要造成一種效果，恫嚇性效果。

這個故事說的是，一千多年前，這個地方還處在只信仰一些地方神自然神的時代，一個佛教的遊方僧從西藏來到這個峽谷。他來在這些高山深谷的地帶的目的，是要讓人們改奉佛教的神靈。從乾燥高原上下來的僧人不適應這個峽谷的炎熱與濕潤，病倒在村子前。那時村裡還沒有那座花崗石丘，那個位置上，是地方酋長的雄偉城堡。酋長阻止人們救助這個生命垂危的僧人。僧人把他看成一個野蠻的生番，酋長也把這個傳教者看成一個危險的異教徒，他堅決拒絕摧毀祭壇而改奉別處的神靈。故事發生的那個夜晚，整個村莊為獵到了兩頭鹿和一頭熊而飲酒歌舞。在人們接近顛狂的喧譁聲中，那個發著高燒的僧人爬行到河邊，啜飲了清涼的河水，然後，他爬過一些更加清涼的石頭，把自己的身體投入到河水之中。在翻沸的河水將他吞沒前，僧人用最後的力氣發出了凶猛的詛咒。

喇嘛說，那是最有力的詛咒。

王澤周說，也是最惡毒的。

喇嘛抬頭看他一眼，重複說，那個僧人在被波浪吞沒前發出了最有力的詛咒，到了啟明星升起的時候，精疲力竭的人們拖著一夜放縱後空虛的身體回到家中進入了夢境，篝火的餘燼在空地上兀自閃爍不定。此時，那個詛咒應驗了。從對岸懸崖的高處，從高高的山頂開始，響起了連續不斷的隆隆聲響。像是雷聲，但不是雷聲。是一塊巨大的岩石從山頂的懸崖上崩落了，隆隆作響地滾下山來。一路上，這塊巨石砸碎了別的岩石，並在森林中一路摧折那些高大的粗壯的樹木：杉樹、松樹、柏樹、櫟樹，巨石撞倒這些樹，把這些樹巨大的軀幹碾壓在身下，巨石就以這樣勢不可擋的方式為自己開闢出寬闊的通道，發出夏天的雷一樣，轟轟隆隆地滾下山來。一路上，宿鳥驚飛，走獸奔逃。

喇嘛沉迷於奇蹟的講述，發出由衷的讚歎：啊啵啵！那麼快就應驗了！啊啵啵！那麼有力的詛咒！

王澤周說，佛教是慈悲教法，為什麼要用這麼惡毒的詛咒？

當然是慈悲的，不然那塊巨石怎麼會沒有砸在別的地方？

是的，故事裡，最後那塊巨石從河對岸的懸崖上飛了起來，越過了河流。巨石飛過河流的那一時刻，要麼發出最巨大的聲音，要麼是處於更為巨大的寂靜中間。那一刻，石頭的力量是那麼巨大，無形的空氣都被衝激得吱吱作響，河上騰起水柱，星星閉上眼睛，整個村子沉睡中的人們的夢境被巨大的力量壓碎了，變成一些菲薄的、灰濛濛的碎片，飛出了身體，從窗戶裡飄飛出來，在黎明時分同樣是灰色的光線中飄飄蕩蕩。最後，那塊巨石穩穩地砸在了酋長的城堡上。那時，要麼是發出了最巨大的聲音，要麼，是更巨大的寂靜，人們似乎都聽到了，似乎又什麼都沒有聽見。只是在巨石落地的那一剎那，整個世界都跳蕩了一下，然後，那座雄偉的城堡就消失了，被從天而降的巨石完全砸到了地下。所有壘成這座城堡的泥土、石頭、柱子、橫梁、灶火、巨量的財寶、酋長、酋長的龐大家族的所有成員都被嚴嚴實實砸到了地下，沒有漏出一粒灰塵，一聲尖叫，甚至連破碎的夢境的灰色碎片也沒有漏出一片。就是這樣，那座城堡就在黎明時分消失了。

那一陣子，所有鳥都停止了鳴叫。

天亮了，那些夢境被震碎，被從身體裡擠出來的人們走出家門，看到太陽正在升起，看到那些飄飄悠悠的夢境的灰色碎片正被耀眼的陽光融化。這些就像失去了魂靈的人，他們並不知道那些正在融化的碎片曾是自己的夢境。他們好像失去了記憶，並不記得他們面前應該聳立著一座城堡，而不該是一塊山丘一樣的巨大花崗岩石來取而代之。花崗岩石上嶄新的斷面閃爍著白色光芒。不但是白色的斷面在閃閃發光，而且，連斷面中那些灰黑的紋理也閃爍著金屬般的光澤。

不肯信佛的酋長，不肯善待傳法僧的酋長得到報應了，連同他的整個黃金般高貴的家族，被嚴絲合縫地鎮壓在地下。

喇嘛結束了講述，對王澤周說，公子，所以說這是關於石頭的故事而不是柏樹的故事。

王澤周說，如果這件事情真的發生過，砸在地下的是我們的先人，我的，也是你的先人。

驅雹喇嘛不受他誘導，冷靜地說，這個世界的人分為兩種，信教的人和不信教的人。

王澤周說，從此信教的時代開始了。

喇嘛說，現在，末法時代來臨了。

王澤周說，一個新的時代開始了，不過，信教的時代確實太長久了。

王澤周起身下山，回到村裡。他從家裡的窗戶上就可以望見那座花崗石丘，和石丘上那幾棵青蒼如黛的老柏樹。故事中說，花崗石落在村前的第一個一百年，上面什麼都不能生長，第二個一百年，上面才長出了苔蘚。這些苔蘚先是出現在石丘靠近地面的部分，然後，慢慢向上攀爬，終於覆蓋了整座石丘。也就是說，那座石丘用了兩百年才不再在陽光下放射刺眼的光芒。第三個一百年，上面長出了雜草和灌木。王澤周甚至想過，要調查一下最初長出的是些什麼樣的灌木，開藍花的沙生槐？開白花的珍珠梅？開黃花的小蘗？還是開粉紅花的繡線菊？他知道這樣會使他的文章更加扎實漂亮，但他更知道，這樣的訪問是出不了什麼結果的。總之，從山頂崩塌下來落在村前三百年後，這塊巨石才慢慢和周圍的環境融為一體，而不再是一個天降異物的極端模樣。那時，村子，以及鄰近地區的所有村子裡的人都已成為了佛教的信徒。他們不大明白深奧抽象的教義，但他們敬畏喇嘛們的神通與法術。石丘上花開花落，灌叢中來了築巢的飛鳥。第四個一百年的時候，也許就是這些飛鳥帶來了柏樹種子，一些幼小的柏樹開始生長。故事裡還說，在此之前，峽谷裡雖然滿被森林，卻沒有這種香柏樹。也是一個高僧，看人們沒有香料用於祭祀神靈，才顯示神通，讓飛鳥從遙遠的地方銜來了香柏樹種。那時，森林裡到處都是散發惡臭的樹種，這些香柏樹竟然沒有落地生根的地方。所以，鳥們才把香柏樹種播撒在這座石丘之上。當然，後來那些惡樹都被除去，香柏樹種又從石丘上散播出去，便得這些美好的樹木長遍了峽谷中每一個地方。

王澤周測算這些樹開始生長的年代。佛教是西元七世紀開始傳入這一帶的高山峽谷區。有關石丘的故事應該發生在那個時期，四百年後柏樹開始在石丘上扎根生長，那麼，這些柏樹最初的出現是在西元十一世紀，算算，到今天已經差不多一千歲了。是的，柏樹不是這個故事的核心，而是這個故事的尾聲。然後，村子靜止在那裡，其存在的意義彷彿就是為了見證這幾棵柏樹在那樣一個奇異的所在不斷生長。後來，柏樹粗壯了，蒼老了，虯勁的根鬚使得那堅固的石體也開出裂縫。這也是周遭陡峭山坡和懸崖上那些姿態奇異的岷江柏共同的生存方式——它們似乎不喜歡生長在地勢平整的地方。

王澤周從村小學借到一把尺子。他把這尺子交到父親手上，我要一把米尺，就是三個這麼長的尺子。

父親因為接到這個話激動起來，他總是黯然的眼睛放出了光彩，我知道那是什麼樣的尺子！

他用了結實又柔軟的花楸木，把一把米尺做得又輕又直，還在上面細心刻劃出一道又一道精確到釐米的線條。又在五和十的地方標出了阿拉伯數字。他把新尺子交到兒子手裡的時候，說，看看，我的手藝如何？

王澤周用這把米尺丈量了石丘的周長和高度，還丈量了石丘平坦頂部的面積，他把這些資料都寫進了這個故事。所以，最後，他把文章的標題也改過了。原來叫做〈一個村莊：石頭和柏樹的故事〉。新的標題是〈從一個民間傳說著手，對一個村莊關於宗教發源事實的考察〉。他用新尺子測量石丘的時候，父親建議說，我去請一台挖掘機來吧？

王澤周抬頭看一眼父親。父親說，順著石頭邊往下挖，我們挖挖石頭底下，看看是不是真有一座城堡和很多財寶在下面！

王澤周知道不能這麼幹，他反覆的訪問，他的測量已經引得村裡人很是驚訝了。有些人並不把他如此舉動的原因歸因於他所受的教育，而是歸結為一個父親是漢人的人必然跟大家有什麼不同之處。

父親卻顯露出從來沒有過的固執，他說，要是下面真有許許多多的財寶呢？

王澤周只是非常簡單地說了一個字，不。

他的話是有威力的，如今他已經成為家裡的主心骨，一個真正的一家之主，這是母親當著父親的面對王澤周說的。她說，我兒子出息了，如今我們也能在村裡抬頭做人了，我們家有了一個真正的男人，一個真正的一家之主。

父親總是逆來順受的模樣，他還高興地跟著說，是啊，如今村裡人不敢小看我們家了。

假期結束，他把這篇文章寄給了丁教授。

丁教授很快回了信，說他個人非常讚賞這篇文章，讚賞這樣認真的調查，讚賞他敢於質疑的勇氣。丁教授還告訴他，本來，他準備把這篇文章轉給本院學報發表，但考慮到本校部分師生的宗教與民族情感，這樣的文章還是暫不公開發表為好。後來，王澤周知道，其實，丁教授把這篇文章轉給了學報。學報的編輯也喜歡他的文章。但是主編態度謹慎，把文章送到學院藏學方面的相關教授去審讀。其中一位以佛教研究知名的教授看了他的文章卻相當憤怒，並以某種奇怪的邏輯地將其上升到某種難以理喻的政治高度。他寫下的審讀意見中，用了「背叛」和「侮辱」

這樣的非學術的字眼，還下了破壞民族團結，破壞黨的宗教政策這樣的政治判斷。

帶著這樣一些嚴重字眼的文章回到學報編輯部時，膽小的主編因為血壓陡升住進了醫院。

丁教授當然不會搬弄這些學院式的是非，他只是鼓勵王澤周報考自己的研究生。他在信中說，我非常樂於看到我有你這樣的弟子。

後來，這篇文章還是發表了，但不是發表在學報上，而是轉到一家文化類的雜誌上發表。但文章已不是王澤周的文章了。文章只剩下了那個故事。題目也變成了〈飛來石上的岷江柏〉。那就是已經發表過成千上萬篇民間故事的最基本的調子。是同情王澤周的學報編輯把稿子交給同樣做編輯的同學發表的，不過，那位編輯做了大規模的刪削，以致使得這篇稿子變回到王澤周最初寫成時的樣子了。

這使差點就要開始戀愛的王澤周收了心做考研的準備，讀人類學，讀考研必需的考試重點，上廁所時還帶著寫滿英語單詞的字條。

這本泛文化類雜誌還專門派了人到現場拍了那座花崗石丘和老柏樹的照片作了文章的配圖。因為這本雜誌發行廣泛，文章一發表，他作為關心和熟悉本地人文旅遊資源的人才立刻就受到了縣裡的重視。那時正是各地爭相發展旅遊業的時代，縣裡一紙調他到新成立的旅遊局工作的調令來到了學校。

他把戀愛、考研、當幹部三個選項帶回家中去商量，母親驚歎說：天哪，為什麼你不肯去愛一個喜歡你的女人？

父親說，當然是去當幹部了，這有什麼好想的。

王澤周說，我還是想再去讀書。

母親說，有人愛你就不能讀書？

父親說，當了幹部就不能讀書?!

王澤周還帶了那本雜誌回家，彩頁的雜誌上那幾株逆光站立的老柏樹真是漂亮。倒是母親眼尖，從照片的邊上看到了自己家的房子，她說，我們家的房子也在相片上面！

果然，在照片的最下角，那排柵欄後面，那條穿過玉米地的道路盡頭，他們家橫排有四個窗戶的石頭寨樓顯出了兩個窗口。

依然拿不定主意的王澤周去了一趟新成立不久的縣旅遊局。局長搖晃著發表了他文章的雜誌，書記發話了，要發現人才，更要大膽使用人才。局長還壓低了聲音說，縣裡還準備破格用人，一來就馬上任命他做宣傳股長。局長提高了聲音，我奮鬥了十五六年才當上副科長，現在，都要退休了，才幹上個正科級的局長！

王澤周問局長認不認識自己的同學多吉，他是一畢業就分配在縣級機關的，局長說，在機關，頭一件事，就是做好自己的工作，不去管別人的事情。尤其是別人當什麼或者不當什麼。不過局長還是告訴了他，多吉是已經退休的老縣長的人，當科長已經兩年了。局長說，還是馬上來報到吧。跟你說老實話，旅遊，旅遊，我這個鄉巴佬可不知道那些人為什麼不在家裡好好待著，要到處去旅遊。局長說，旅遊就是四處看個稀奇，本鄉本土的，我也不知道我們這裡有什麼稀奇是人家想要看的，你看，你的文章，就是知道那些人想來看什麼稀奇。局長還說，以前伐這種樹賣錢，如今，這種樹快砍光了，變成稀奇的東西了。

王澤周忍不住糾正說，瀕危植物。

局長搖搖手，快絕種了，就稀奇了。看，你就懂得這個。我快退休的人了，要不了多久，這個局長也是你的。你一上班，我們就出去搞個全縣的調查，看看還有什麼快絕種的東西。

王澤周說，對，應該搞一次旅遊資源的全面調查。

局長笑了，看來書記真是選對人了，調動手續都沒辦，就已經進入工作狀態了。

王澤周真的就跟著局長，開著局裡的小車，在全縣範圍內四處走動。三個月後，他把縣境內一座雪山、兩個高山湖泊、五個完整的古村落，和三座河上的傳統的伸臂橋一起寫進了縣旅遊局的第一份旅遊資源報告。報告遞上去大半年，就如石沉大海沒有了消息。

王澤周催問局長，局長說，這事是縣長才能定的，我不會去催，你沒有資格去催。

其實，王澤周逮到過一次機會，就這件事問過縣長。縣長說，我也想把旅遊搞好，可是我就抓農業出身的，怎麼防止蘋果園的病害，怎麼推廣青稞良種，怎麼引導農民接受地膜技術，給土地保溫保濕，都沒有問題！可是這個旅遊，沒有文化幹不成。縣長說，你不要著急，上頭要從大學裡抽有文化的人到各縣來，我們縣也會派一個副縣長來主抓旅遊，那時，你們這些文化人一起商量吧。

又過了半年，等來的旅遊副縣長是他留校任教的同學貢布丹增。貢布副縣長來旅遊局開會那一天，對他就說了一句話，而且，不是直接對王澤周說的。他指了指坐台下的王澤周對局長說，我這個同學以前是要做學問，不問政治的，想不到卻當上股長了。

副縣長直接跟他說話，是和局長陪他下鄉調研的時候。

這之前，副縣長已經否定了河上的三座伸臂橋作為景點的方案。他說，展覽什麼？呈現什麼？這麼破舊的橋老百姓早就不想走了，早就該拆了建現代化的橋！我們藏族人民也想要開著拖拉機開著卡車進出他們的村莊。王澤周說，新橋可以在附近另外選址。新任副縣長這才正眼看了他，這些橋在這裡就是麻煩懂不懂，維修要錢懂不懂，要開闢成旅遊資源先要鑒定為文物懂不懂，鑒定成文物了文物部門就哪都不讓你動，懂不懂？

王澤周只好說自己不懂。

接下來，在一個鄉政府吃飯，大家紛紛給老縣長的兒子新任副縣長敬酒，王澤周也只得硬著頭皮敬酒。這回，貢布丹增笑了，這倒不錯，你這麼清高的人也懂得這個了。

王澤周沒有說話。他只覺得衝上腦袋的酒意在腦子中發出飛蠅一樣的嗡嗡聲響。

副縣長說，好吧，我們去看看王股長寫了故事的老柏樹吧。

半個小時後，他們一行的幾輛車就停在花崗石丘前。

大家站成一個半扇形圍著副縣長，等他發表意見，但他提高了聲音時卻說，王澤周，你父親就是用這種柏木給你做的箱子吧。他這樣說話，讓王澤周吃了一驚，其他人也都互相交換著不解的眼光。但新任副縣長並不在意，他繼續說，大家知道吧，上本科時，王澤周的木匠父親給他用這種柏木箱子，那柏木真香，可那箱子的模樣真土。他接下來的話讓人更加吃驚，王澤周你是因為那口柏木箱子就對這些柏樹特別有感情嗎？

王澤周正色說，你可以看看國家公布的瀕危植物名錄。

副縣長說，那麼，如果這些樹可以成為一種旅遊景觀，那縣境內還有沒有別的瀕危植物？

王澤周說，當然有。他說出了另外三種二級以上保護植物的名稱。

那為什麼那些植物不能成為旅遊資源？

王澤周說，顯而易見，這種植物最具觀賞性，還因為它和當地歷史的交集，還有大家都能看見的整個峽谷……

副縣長再次打斷了他，因為你那個民間故事？憑一個民間故事就對佛教史妄加推斷？

激烈的話語衝到了王澤周的嘴邊，但得意洋洋的貢布副縣長轉移了話題，他說，大家看看下面的河！

大家便移步到石丘邊緣，去看那條隔著一條公路的河。那條河從上游七八百米處，隨著亂石嵯峨的河床陡然下降，平靜的河水變成了一川飛珠濺玉的喧騰激流。

他問王澤周，說說你在學校時講過的故事。

王澤周說，我不記得你在學校聽過我講什麼故事。他真不記得這個得意洋洋的傢伙認真傾聽過他講什麼故事。

副縣長說，就是那個搶在美國人前漂流這條河犧牲了那個人。

王澤周想起來，他曾經站在河岸上，看見一隻橡皮舟在激流中劇烈顛簸，旋轉，被浪頭拋向一個巨石又一個巨石，那個紅衣人手裡舞動著一支實際上不起任何作用的紅色的槳葉，像是一隻奮力掙脫困境而拍擊著翅膀的大鳥。就那樣，那個人順波逐流穿越了這條險峻的峽谷。王澤周記起，這個人後來卻在下游不遠處，一段不該出事的河面上神祕消失了。

在他就學的那個城市，一個老院落裡，曾經有過一座關於這個人的紀念館。後來，城市大規模改建拆遷，這個紀念館也就悄無聲息地消失了。

副縣長說，這就是真正旅遊題材！有這麼具有挑戰性的水流，還有這麼好的愛國主義故事，這裡應該搞一個漂流項目，必須！王澤周，我作為副縣長給你第一個任務，好好寫寫那個犧牲在這條河上的漂流勇士！我們需要這個故事！

那天下午，他們又去了白雲寺，副縣長當即拍板確定了這個寺院作為重點開發的景點。副縣長說，今天都市裡的人生活平庸，要刺激，我們有漂流！他們精神空虛，沒有信仰，我們有寺院，讓他們感受一下全民信仰的力量！在寺院背後山坡新造的露天大佛前，他胸前剛由活佛掛上的哈達迎風飛舞，更使他顯得風度翩翩，自信滿滿。王澤周這才注意到，新任副縣長已經改換髮型了。當年的飄逸長髮不見了，現在，一頭烏髮整整齊齊地向後梳理得一絲不苟。

回程的車上，局長對王澤周說，我看出來，你和他有過節，可是，看起來縣裡的旅遊真正要開展起來了。

王澤周沒有說話。當天晚上，他就打開柏木箱子，取出了放置了多半年的考研材料。

不得不說，比起原先縣裡的幹部，貢布丹增的工作起來真是雷厲風行，縣裡旅遊資源第一期開發馬上就開始了。等到夏天過去，王澤周拿到人類學碩士專業的錄取通知書時，通向白雲寺的三公里水泥公路已經建成通車了，寺院前寬闊廣場也用混凝土全面硬化了。

王澤周在縣旅遊局上班的最後一天，就是參加這條公路的通車典禮。王澤周正好站在同學多吉身邊，聽說，縣裡已經定下他要來旅遊局當副局長，再下一步，老局長一退休，他就順理成章接任局長了。在一個縣裡，任何一個幹部的調動與升遷從來都是最熱門的話題。王澤周對多吉沒有對貢布丹增那麼反感，便問他什麼時候上任。多吉說，沒辦法，貢布大哥分管旅遊，他要我去，我還有什麼話說。王澤周說，你現在還叫他大哥？我記得他比你還小半歲。多吉說，這有什麼，他就是大哥！王澤周也沒話可說，對自己困難萬分的事情，在別人那裡都是天經地義一般。對，用你，他放心也順手。多吉說，那你為什麼非讓他感到不順手呢？王澤周說，你知道的呀，上本科的時候，他就喜歡真正的藏族，按他的說法，我不是真正的藏族，他一直以為我這種人是假冒的藏族，不過是為了占民族政策的便宜才讓自己成為藏族。

多吉說，問題是要具有真正的藏族人的情感。他認為你這樣的人不可能具有真正的藏族人的情感。

真正的藏族人的情感？

一個真正的藏族人不該對我們信仰的宗教表示懷疑。就說你那篇論文吧，一個好好的民間傳說怎麼被你弄成那樣，怎麼可以說慈悲為本的佛教傳播用了恫嚇的手段。

我以為你們這些共產黨員的信仰是共產主義。

這兩者並不矛盾。

比如？

佛教徒和共產主義都希望世界和平。多吉不想繼續這個對他來說其實充滿了挑戰的話題，轉而問，你不是共產黨員？

我不是。

入不了還是沒有入？不入黨你來混什麼黨政機關?!

王澤周說，我馬上就不在機關，我要去讀研究生了。

多吉看了他半晌，說，貢布還在讀博士呢，還不一樣當縣長！

我想我混不了這個機關。

序篇五

家鄉消息

王澤周考上了研究生。

又回到當年就讀的學院上學去了。他不知道該怎樣描述自己在學習生涯中的感受。人類學使他旁及到別的學科。比如政治學、經濟學、社會學和宗教學。習得的系統性知識使他思維明晰，學院裡有關民族的種種現實卻又充滿了某種曖昧不明的意味。

準備畢業論文時，他曾經想討論一個他以為重大的問題，那就是佛教，或者說藏傳佛教在民族主義高漲的背景下可能產生的極端化演變。他把題目初定為〈出世之教如何涉入現實政治〉。只是這個題目，就叫他的導師丁教授十分躊躇，他說，我很高興你有這樣的敏感，我也不反對你有這樣的思考，但以這樣的論文，你有拿不到畢業文憑的風險。

其實王澤周也知道，這樣的論文肯定不會被通過。但他不想輕言放棄，他對導師說，那麼，我來考察佛教在消費主義社會滋長的拜物傾向吧。

丁教授歎息，我很高興有你這樣一個不隨大流的學生，但我也為你擔憂，如今有關少數民族文化的學術研究並不處在文化反思的階段。

那是什麼階段？

丁教授說，我只是描述一種現實，而不是我的觀點，總體上說，還處在對文化遺存與資源進行整理與闡釋的階段。教授最終幫他選了個沒有刺激性的題目。

王澤周說，好吧，我考慮考慮。

他也關心著家鄉旅遊開發的消息。

家鄉傳來消息，白雲寺作為一個旅遊景點很快就火起來了。這個旅遊項目還有了一個新名字：西天佛國。去那裡的不僅是省內國內的遊客，甚至遠及京城和東南沿海，不僅如此，港澳台的遊客也開始出現了。這些遠客不像旅遊團隊，不光對門票的高低毫不計較，還會獻上豐厚的布施，在寺院待下來學習打坐，學習觀想，學習密宗功法。

家鄉還傳來消息，老家村前的那段河流上的漂流專案被叫停了。對於普通遊客來說，那段河流實在是太湍急，太危險了。審批部門轉達了專家委員會的意見，這段河流只適合於探險，不適合開展面對大眾的消遣性漂流。而花崗石丘上那幾株老柏樹卻成了一條名為聖地之路的旅遊路線上的一個景點。因為王澤周發表的那篇刪改後的傳說故事，使得這個地方正好成為去往西天佛國的前站，一個初顯佛法力量的地方，配合著西天佛國項目稱為聖地之路的起點。

每到暑假，王澤周還是要回家看看。

他是在職上的研究生，工作關係還在縣旅遊局，自然也要回局裡露個面。第二年，老局長就退休了，多吉當上了旅遊局長。多吉說，現在局裡人手少，旅遊局面一打開，人手就顯得更緊張，你不會接著往下念博士吧。王澤周說，可能的話我還是想接著念。多吉轉移了話題，說我陪你去拜望一下貢布，他如今是常務副縣長了。在一間寬敞的鋪著地毯的辦公室，貢布坐在擺著一面國旗一面黨旗的辦公桌後面，痛快地對多吉說，我們這位老同學還是你局裡的幹部，帶他到景點上去看看！

貢布副縣長還起身把他送到樓下，在樓梯間行走時，他說，看看，行政工作千頭萬緒，我的博士論文一拖再拖，怕是永遠不能畢業了！不像你，一門心思地做自己的論文。其實，他的口氣是讓王澤周感到，畢不畢業，當不當得上博士對他來說是無足輕重的。貢布好像看穿了王澤周的心思，說，我也說嘛，實在畢不了業也就算了。哎喲，你知道，我那個導師，把我罵得狗血淋頭，他說，你們家出過一個縣長，再出一個有什麼稀奇，有本事就把一個真正的博士證書給我拿到手！

王澤周想，也許，正在從事的行政領導工作，讓這個總從血統的純粹與否來對人進行親疏與異同的分別的人，正在發生可愛的變化。

於是，他用玩笑的口吻說了句正經的話，這麼些年的學院經歷，常常身處在曖昧不明的語境之中，他學會了用玩笑的口吻說正經的話。他說，你的導師到底是學術權威，才說得出這個話。

貢布丹增端正了神色：我知道這個時代標準很多，但我這樣的人肯定認為他是學術權威！這是由於民族情感。他還說，我知道，有些話我對你說你肯定不接受，我這個身分也不合適說，我的導師雖然不是你的導師，但你也該多向他請教請教，都是一個民族的人嘛。

王澤周的話沒有出口，你不是一直不承認我跟你是一個民族麼。

兩小時後，王澤周和多吉已經出了縣城，站在那座花崗石丘前了。河流還是原來的樣子，河道中亂石猙獰，參差的巨石間，波浪激烈翻湧。下午時分了，轉到西邊的太陽把那幾株老柏樹的陰影投射在河面上，隨著波浪的翻湧，那些投映在水面的濃重陰影顫動著，上下翻動騰挪。村子也還是一模一樣。如果有某種變化，就是村子似乎比過去更安靜了。王澤周當然知道村莊如此安靜的緣故。年輕人大多都出去打工了。一些人一直去到大城市，在城裡的主題餐廳和酒吧，當服務員，同時從事種種歌舞與民俗表演。當年驅雹喇嘛不辭而別的徒弟之一，再次出現時，就是城裡一個叫做茶馬古道的酒吧的老闆了。這個酒吧，從這些生長著岷江柏的河谷地帶的村莊中，招收了十幾個能歌善舞的青年男女，在王澤周就讀的學院的那個大城市，進行種種土風歌舞表演，使得都市小資趨之若鶩，夜夜暴滿。以往，外來客一出現，村中小學校的學生們便會聞風而至，但現在，村小學撤銷了，學生都到了鄉裡的寄宿制中心小學，不到星期天和節假日，很難見到那些能使村莊充滿活力的小孩子們四處竄動的身影了。

但一些變化還是讓王澤周吃了一驚，花崗石丘的一面被削平整了，刻上了用鮮明的紅色油漆描畫過的六字真言。幾棵柏樹上，懸掛起了密集的五彩經幡。

王澤周說，我們這個村的人都信仰佛教，包括我那個外鄉人父親，卻從來沒有用過這麼多符號化的東西表達信仰。

貢布縣長說了，朝聖之路上的景點，應該有濃厚的宗教氣氛。不然，遊客來了，想照個紀念照沒有地方。

這理由真還沒有什麼可以挑剔的地方。

說話間，他們登上了花崗石丘頂，這次是順著從岩石上鑿出的石階上。父親專門為母親做的那架木梯不在了。整座石丘頂鋪上了平整的混凝土，那些虯曲蒼勁猶如大地筋骨一樣的柏樹根都被埋在了混凝土下，埋不進去的都被削得平整了。石丘的邊緣釘進了不鏽鋼管，鋼管間懸垂著鐵鍊，遊人靠著這些欄杆的保護可以走到石丘的最邊緣，居高臨下，俯瞰谷中的一川激流。身靠著那些鐵鍊，可以清晰地感到河面的清涼的風撲面而來，河谷中巨大的波濤聲被對面陡峭的斜倚著幾株缺胳膊斷腿的柏樹的崖壁撞回來，轟然作響。柏樹下還立著一塊牌子，上面書寫著經過進一步改頭換面的那個故事。王澤周想，自己就是那個最早記下這個故事的人。如今這個故事已經成為一個教訓，教訓人們不信宗教會導致什麼樣的下場。面對這一切，王澤周只有一種無可奈何的情緒，他知道，一切都難以改變。遊客們喜歡這種充滿神祕主義的故事，開發旅遊資源，所要拚命搜尋的，正是遊客們這種淺陋的興奮點。但是，沒有人想過，在一個現代社會，一味搬演並渲染這種宗教性故事意味著什麼。他想，這其實可以成為一個嚴肅的研究課題，文化旅遊資源開發這種現代性的行為可能導致的現代性信念的瓦解。

王澤周知道，他不能拿這樣的話題出來與人討論，即便在學院的所謂學術環境中，作為論文題目也是不合時宜的。

其實，這樣的文化現象早已是一個普遍的存在，在一次相關的討論會上，王澤周提到了蘇珊・桑塔格的奇觀說，馬上就遭到了那個當年阻止他的考察報告在學院學報發表的那位權威教授的反駁。他說，我們中國的問題，輪不到外國人說三道四。

王澤周當然要爭辯，要說明，那位外國人論述的是文化上一種城市消費鄉村，中心消費邊疆的普遍現象。並不是特意針對某個國度說的。

教授生氣了，他說，這是什麼鬼話！那麼多城市中的人到藏區去，他們不是去旁觀什麼痛苦的，他們是在那裡發現了信仰的力量。我的學生，也是你的同學在你的家鄉開發旅遊資源時，注重宗教文化就非常成功！

多吉建議他們再去朝聖之路上的另一個景點，然後直達那個今非昔比的香火旺盛的西天佛國。

王澤周搖搖頭，都到了家門口，我要回家去看望父母。

多吉說，你不去會遺憾的，如今那個寺院的禪修班，一次就會來好幾十上百個內地信眾，這些人都是白領，企業高管，身家上億的老闆，上次還有一對夫婦是著名大學的教授。多吉說，其實我都不相信，這個廟裡會來廣東台灣的老闆，還有北京的高官。

王澤周說，這個寺院恢復的時候，我父親一直在那裡幹活。他說，你知道我那口箱子，就是用寺院裡的老料做的。是我父親用三天木工換來的。

王澤周告訴多吉，自己老家這個村子，在過去，就是供養白雲寺的七個村莊之一。那時，凡有重要的年節，但凡寺院有重要的活動，全村人都會去往寺院。那時，他也都跟著母親去往寺院，帶去供佛的燈油，圍著寺院轉經，聽僧人們擊鼓誦經，求活佛摩頂賜福。在寺廟廣場前的香爐中燃燒這幾棵老柏樹落下的香葉。

王澤周回到家裡，依然只見到母親，父親不在家。母親說，一直在大興土木的廟裡有做不完的木匠活，父親已經在廟裡幹了快兩年了。因為縣裡打造朝聖之路的旅遊點，白雲寺不再只從當地百姓獲得供養，某個被當地青年都竭力模仿其穿著髮型的大歌星，一次就上了幾百萬元的供奉。廟裡一邊重建歷史上有過，卻又傾圮了百年以上的種種殿堂，正在新建一座星級酒店，以接待高端信眾。他的木匠父親手藝精湛，自然是忙不過來了。

母親說，如今，父親年紀大了，一般的粗活不再親自出手，只在別人不敢下手的關鍵處顯露一把手上的絕活就可以了。母親說，為了修建新的大殿，經縣裡特批，又伐下了一批老柏樹。只有這些柏樹，才有與佛殿相配的高級的香味，和與大殿的雄偉相配的二三十米的高度。王澤周注意到，家裡的佛龕重新整修過了，龕中手摩膝蓋盤腿而坐的佛像前，點著油燈，香爐中都是新鮮藏香的灰燼。母親告訴他，木匠父親如今比以前更信佛了，總是親自添燈點香，都不容她插手。父親以前總是念叨幾句他們木匠的祖師爺魯班，說等合適的時候，要請一尊祖師像來供奉，但多少年過去也沒有遇到過一尊魯班爺的像。現在也不再提這個話題了。

王澤周聞到家中充滿了柏木的香味，他問母親：這該不是父親供佛的緣故吧。

母親開了一間房，見屋子裡堆滿了零碎的形狀不一的香柏木料，這些都是在廟裡做完木工後的邊角餘料，父親總是挑選一些成型的帶回家來。你爸爸說，以他的手藝，他要用這些旁人眼中的廢料，將來拼拼湊湊，替兒子做一些精巧的家具。母親說，他是盼著你有個疼你的女人。

說到這個話題，母親就流出了淚水，我就沒有見過一個男人三十多歲了，還沒有得到過女人疼愛的。

王澤周笑了，擺出他久已忘記的頑皮相，對著母親耳語說，阿媽，你的兒子有女人疼愛。

母親如今生活安定，身體發福，皮膚比以前更加白皙，她洗得乾乾淨淨的頭髮還像以前一樣散發著香氣。王澤周對著媽媽的耳朵說，要是兒子願意，他的床上不會缺少姑娘。

他以為母親會像以前一樣笑出聲來，但母親沒有，她還是一臉悲憫的表情，問，那些姑娘會替你做飯？替你清洗被褥？縫補衣裳？替我生一個孫子？

王澤周真正放鬆下來了，他想起那些從圖書館和飯局帶回床上的姑娘，說，媽媽，現在誰還在穿補過的衣裳？

母親說，我是不穿了，可是你爸爸，這個苦命人，他還是叫我把捨不得丟掉的衣裳補了又補。

王澤周問母親還去不去石丘上收集香柏的落葉。還去，母親說，有了那個水泥檯子，收集來的香柏葉乾乾淨淨的，再沒有苔蘚與雜草摻雜其間了。她說，只是香柏樹上的葉子越來越少了。不但掉在地上的少，就是樹上，好像也越來越稀疏了。

王澤周站在窗前，望著那幾株柏樹，柏樹的枝葉確實顯得有些稀疏，而且顏色似乎也沒有記憶中那般蒼翠濃郁了。他想，也許是被混凝土封住的樹根使得它們不再能自由呼吸，天上的雨水和凝結的夜露再也無法突破混凝土的封鎖滲入根部。

晚上，父親回家來了。

他說，得到兒子回家的消息，他馬上就向寺裡告了假。父親很興奮，他說，是多吉局長告訴我你回來了。他說，手上活忙得很，寺院新建的星級酒店必須在大祈禱法會開始時正式落成，接待賓客，現在正在緊鑼密鼓地裝修，時間只有一個多月了，他要帶著一幫木匠，為每個房間打造一套家具，父親用了這樣的片語——他說，知道嗎，我要帶著他們為每個房間「打造一組有藏文化元素的現代酒店家具」。這些家具包括茶几、椅子、沙發、電視櫃、衣櫃和書桌。他說，這些家具都是貢布縣長親自請人設計的，他就帶著人照著圖樣做這些家具。除此之外，木匠們還要給每一個塑鋼窗戶鑲上藏式的雕花邊框。王澤周很高興看到父親身上洋溢的自信，以及他對工作的激情。父親說，王澤周，你想想看有多少窗戶，一百八十個，加班加點啊，半夜都把電燈拉到廣場上幹！

父親說，忙完這些，等你成家的時候，我要親自為你做一套家具。父親說，我照著圖紙做了這些酒店的家具，你不會再嫌我做的東西土氣了！那時，你可以自己畫一套圖紙。

那一夜，父親說了那麼多話，王澤周這才意識到，不多話的父親在某種情境下，也是可以說很多很多的話。他還高興地附和了父親的話，他說，那時，我自己畫一套圖紙，你也能做出來？

不在話下！

那一刻，王澤周心頭一熱，原來，自己這個總是悄無聲息，自甘卑微的父親，也可以說出這樣擲地有聲的話。他乾乾脆脆地說，不在話下！

早上起來，父親已經不在了。母親說，父親已經走了。他掛念著寺廟酒店的工期呢。王澤周登上樓頂，看見了父親正在攀上山梁的身影。那是這個村子的人去往白雲寺的傳統路線。如今，人們大多不走這條路線了。村裡人家都有了拖拉機、卡車和摩托車，他們大多會開著車順著公路沿河而下，然後，從縣裡專門為打造旅遊景點而修建的盤山公路去往寺院。但父親還是走著這條傳統的路線。在山梁上，父親瘦削的身體只是一個移動的朦朧影子。不止一次在這條山道上跋涉過的王澤周，能夠清晰地看到父親背著雙手，喘著粗氣，在山路上攀登。他小腿肚上的肌肉繃得緊緊的，額頭上，髮際線下，流淌著一顆顆汗水。王澤周聽見自己喉嚨裡有響起低沉的聲音，那是他在叫父親，爸爸。

隨著這一聲呼喚，這位在大學裡學習文化人類學在讀碩士已經淚眼迷離，他眼前出現了那個他去過一次，沒待進入就迅速逃離的內地村莊，他彷彿看到，走在山道上的父親，聽見他的呼喚，回過身來，掛滿汗水的臉上綻開了笑容。先是眼角起了更多細密的皺紋，然後，眉毛舒展開來，眼睛明亮起來，鼻子似乎也動了一動，使得他的嘴唇也裂開了。父親笑了，父親說，不要停，再走幾步，就到頂了。那是他幾歲，十幾歲時，父親在那條山路上對他說過的話。

王澤周願意忘記，但他還是記起來，在他聽聞村裡人議論母親沒有遇到父親以前，被一些男人隨意欺凌的傳言。

那時，就是在這條現在由父親獨自走著的山道上，父親對他說，你不能記恨你的媽媽。

父親說，你媽媽在我逃荒的時候，在我快要餓死的時候，收留我，嫁給我，這才有了你，我們的兒子，她是一個善良的女人，我不准你記恨你媽媽。

回學校過縣城的時候，王澤周去了貢布副縣長的辦公室。他所做的事情，能夠使得父親身上發生那樣的變化，使得王澤周心情複雜。

貢布丹增一如既往地瀟灑自信，他說，看來你並不願意否認我們項目的成功。

他叫人沏來茶，親自端到他面前，和他並排坐在沙發上，說，看來我們的屁股還是可以坐在一起！

王澤周說，你確實相當雷厲風行，敢說敢幹，不過，我要提醒你，也許那幾株樹會被你弄死的。聽他說完原委，貢布丹增笑了，不就是幾塊混凝土，鏟了就是，看，只要是合理化的批評，我都虛心接受。雖然我不認為幾塊混凝土就會把柏樹弄死，但依你就是，小事一樁。

王澤周說，我還是對把寺廟作為旅遊資源，作為藏文化的當然符號持保留意見。

寺廟都蓋星級酒店了，還不夠現代化？你父親的木匠手藝讓他掙了大錢，你不喜歡？

我謝謝你和多吉這樣關照我父親。

他不像你！看看，你還是在感情上覺得擰巴。你就覺得我們民族太落後了。

王澤周說，我們是老同學，我把不方便在學校裡講的事情都對你說了，我覺得發展旅遊還有其他路徑。

我也告訴你，宗教不是屬於哪一個民族的，你沒看到寺院開放旅遊以來，增加的信眾都來自內地，那些老闆，那些成功人士，都不是藏族人，都是比你純粹的漢人！這就是宗教文化的價值。副縣長放低了聲音，你知道我帶過多少領導去廟裡拜謁活佛嗎？他們的身分不方便公開前往，每次，都是我陪著半夜上山。都說活佛的卦算準，他的禳解……算了，跟你說這些幹什麼？

第二年春天，家鄉傳來消息：那五株柏樹中的三棵，已經出現了枯萎的跡象。雖說，柏樹是常綠樹種，其實也是落葉的，一年四季，都有新葉在生長，也有老葉在凋落。但是，春天裡，應季而動，還是這種常綠喬木抽新枝長新葉的好時節。土地解凍，順著河谷四季流淌的風此時也轉換了方向，從河上游往下吹的乾冷的西北風轉換成從河的下流上溯而來的溫暖潮潤的東南風了。當河谷中那些落葉的樺樹、花楸、槭樹和柳樹都綻放出嫩綠的新葉，抽出嬌嫩的新枝的時候，柏樹也要應時而動，抽出新枝，發出簇簇翠綠的新葉，在停頓了一個秋天和冬天之後，再次開始生長。這些柏樹，雖說一年四季都沒有停止過新老的更替，但真正的成長是在春天。此時的樹冠的表層，完全被新葉覆蓋，遠望之中，彷彿一層翡翠色的雲氣包裹著塔狀的樹冠。而且，也就在這個季節，這些老樹還在生長，不僅是斜倚而出的枝杈在生長，在擴展著它們隨著太陽的東升西落周而復始的從西向東的陰影，還有粗壯的樹幹，仍然在生長。王澤周記得，小時候，母親清掃樹下那些落葉的時候，他會聽到一些隱約的聲音從樹身上傳來。有時，是柏樹纖維粗大的表皮，在嚓嚓崩裂。母親說，那是長身體的樹把樹皮撐破了。王澤周會說，那樹就沒有好衣服了。母親讓他放心，母親說，樹比人幸福，樹會自己又長出新的適合身體的衣服。母親還說，樹和人不一樣，人總把好衣服穿在外面，但樹總是捨不得丟掉舊衣服，樹總是把新衣服穿在最裡面。於是，王澤周就去撫摸那些綻開了道道深刻裂痕的老樹皮，原來這百層千層的，都是這些老柏樹捨不得脫掉的舊衣裳。

那時，在那個僻遠的村莊，花崗石丘就是他樸素美好的自然課堂。

他會把耳朵貼著樹幹上最深最長的裂縫，屏息靜氣，仔細傾聽。很多時候，他聽見的是自己身體裡各種各樣的聲音。但有時，他真的能聽到，樹的軀幹裡，似乎是在吮吸的聲音，似乎是水在流淌的聲音。母親說，是啊，春天了，樹扎在泥土裡，岩石裡的根都醒過來了，它們在喝水，它們把喝到的水一直送到樹頂著天空，頂著霧氣的最高處。因為樹還想再長得高一些。

王澤周說，我想看見樹的高處在怎樣生長。

母親笑了，說，那你得變成一隻鳥才行啊。

王澤周說，那肯定要下輩子了，這輩子是人，下輩子也許就是一隻鳥了。

母親說，可是當你變成一隻鳥的時候，又忘了做人時的念想了。

王澤周在電視上看一部以大自然為主題的紀錄片。片子裡說的是世界上最高的一種樹，美國紅杉，那些人已經確切地知道那株樹的年紀是一千六百七十三年，現在，他們還想知道它的準確的高度，他們更想知道這麼老的樹是否還有動力繼續成長。於是，他們開始攀登那棵樹。他們用登山運動員那種全套索具攀登這棵樹，在樹上越升越高，到了三十米的高度，又到了四十米的高度，而樹頂上的天空中，還有一架直升飛機在盤旋。這平常的情景，突然使他心中發熱，甚至有點淚水盈眶的感覺。

他想，這肯定是家鄉村莊那些岷江柏的緣故，他也感到，正是這樣的最基礎的情感，使他可以對這個世界上任何一個地方的人，那些致力於理解我們身處的這個世界的所有向上向前的努力產生認同，產生親切之感。而不是因為和誰是同一種語言，同一個民族。

他所以這樣想，是因為正對畢業論文選題大費躊躇。是反思一種文化，或者，像大多數人所做那樣，打著尊重文化多樣性的旗號，通過對文化無原則的辯解來維持某種自認為崇高與正義的虛偽的道德感。

最後，他還是挑了一個最平常的選題，很順利地拿到了畢業證書。

丁教授表示，願意的話可以繼續念他的博士。王澤周為此給旅遊局打了報告。很快，批示就來了，縣裡工作多，編制緊，只能批准他念在職博士，也就是一邊念書一邊工作。

丁教授不高興，用這種方式讀博士的，都是處長縣長廳長局長，你算什麼？確實，那些博士不常到學校讀書，倒是常有這種博士的聯誼活動，無非就是一起唱歌吃飯，建立一個可靠或不可靠的關係網。那樣的聚會，貢布副縣長也常放下手頭的工作，專程來參加。王澤周參加過一兩次這樣的聯誼會，也沒有人把他這個股長當一回事，就不再去湊那個熱鬧，討那個沒趣了。他回旅遊局工作兩年，縣裡正在開發一個自然景觀，他整個人就陷在這件事情裡不得脫身了。這個景區的盡頭是一座雪山，山下是一個高山湖。當年他參與旅遊資源調查時，這座雪山終年積雪，即便在夏季積雪也不會融化，並把這個景區寫進了旅遊規畫書。這麼些年過去，夏天這座雪山會積雪融盡，名不副實了，山下那個湖泊也因過多的融雪水注入而顯得渾濁了。但縣裡還是決定開發這個景區。當然，這個計畫已經作過調整，將來的湖畔的森林邊將建度假別墅，並附設一個現代化的禪修中心。為此，縣裡還派了考察團去台灣和國外考察那裡的禪修機構。當然，這跟王澤周沒有關係。他只是被旅遊局派出去配合交通局修建二十多公里的旅遊公路。工程款常常不到位，工程推進時緊時慢，用了兩年時間還沒有完成。丁教授要求他讀博士期間，怎麼也得在學院待一個學期，集中精力完成博士論文。丁教授說，我從來沒有收過不上學的博士，你要達不到這個要求，那就不是我學生了。

貢布副縣長說，去吧，看，合理的要求我都要支持，只是我確實脫不開身。

就是在他回學院完成論文期間，他聽到家鄉傳來不好的消息。

花崗石丘上的那幾棵老柏樹，今天的春天，再也沒有力氣開枝展葉了。它們的舊葉在繼續凋落，新枝新葉卻未能應時而出。消息說，老柏樹上有些樹枝已經枯乾，不止是沒有長出新葉的任何跡象，連上面的苔蘚與枝皮都開始脫落。

這個消息是多吉局長帶來的。

縣裡對這個問題相當重視，他這一次，就是和林業局的人一道，來省城請林業專家去做個診斷，看這樹的枯萎是由於什麼原因。

什麼原因？這不明擺著的嗎？王澤周說，混凝土窒息了樹，你們為了弄個平坦混凝土看臺，削去了那麼多樹根，樹無法從地下吸取水分和養料了。他說，貢布丹增當面對我說，要把那些混凝土揭開。但他其實沒有聽從我的意見。

多吉說，你是不是太武斷了。一個學人類學的人，忽然之間，對植物學也觸類旁通了。

那是常識，不是植物學，我的局長。

多吉說，那些樹都一多千歲了，是不是到了壽終正寢的時候了？也許是某種病，樹也會生病對吧？

誰說它們有一千多歲，我考證過，沒有一千多歲！

好吧，我知道你考證過，根據一個民間傳說考證過。這一回，我們要請林業專家做出最科學的結論了。

我相信林業專家跟我的意見肯定是一致的。

多吉說，老同學是改不了固執的老脾氣啊，不要那麼肯定嘛！那些混凝土按你的推測說毀就毀了？沒有那麼容易，你知道，縣裡搞這些旅遊基礎設施投入有多大？投入的是國家資金，納稅人的錢。

王澤周說，那麼我等你的消息。

多吉還給他布置了任務，要他請一些媒體記者，他要帶著他們跟專家一起回去。

王澤周面露難色，我就是在這裡讀書，沒有跟媒體打過交道。

多吉沉下臉，不要忘了，你是我們局的宣傳股長。

還好，相關媒體並沒有那麼難請，要麼親自登門，要麼是轉彎抹角這個熟人那個熟人介紹，王澤周沒想到，居然同時請到電視、報紙、雜誌和網路十多個記者。

五天後，多吉打來電話，他說，看來你的直覺是正確的。

王澤周說，不是直覺，是常識。

多吉說，好了，好了，林業專家說了，樹確實很老了，所以更不應該傷害它們的根系，不應該覆蓋那麼厚重的混凝土，窒息樹的呼吸。多吉在電話裡說，行了，我知道你想說什麼，不用再次證明自己的正確了。縣裡請專家制定針對這幾株老岷江柏的搶救方案，這下你放心了吧。我把這個情況告訴你，也是貢布副縣長的意思。

是讓我不要說話，學院裡不讓人說該說的話，你們也不讓。

多吉說，大局，老同學，從大局著眼。

大局就是不讓人說話呀。

大約一個月後吧，王澤周收到了一包報紙。這包報紙是縣旅遊局辦公室寄來的。這包報紙一共有七種。旅遊行業的報紙，也有省裡和當地的報紙。每一張上面都有那幾株聳立於深峽中的岷江柏的照片。圍繞那些樹木不再是王澤周寫下來的民間傳說——公開發表時，裡面有關文化反思的部分被閹割的故事，也不是作為旅遊資源的朝聖之路上的一個節點所需要的那些言說，而是演變成了一個環保故事。

古老珍稀的岷江柏面臨生存危機時，如何被盡心搶救的故事。林業專家去診斷，相關部門根據專家的意見，對這些自供機能衰竭的柏樹補充營養。在當今經常破土施工的城市，樹總是被挪來挪去，更有新的城區，會從遙遠的山裡移來種種巨樹，在空闊的水泥廣場上營造生態景觀，為了方便移動，那些樹總是被斬去了大部分發達的根系，當它們置身在一群水泥與玻璃的建築群落中間時，總是被用種種支撐物固定住，然後，每一株樹身上都會懸掛上種種營養液體，幫助它們復活，幫助它們重新生長。這種廣泛應用的技術也被用在了王澤周老家那幾株柏樹的身上。只在一張報紙上，有樹身上懸掛著營養袋，樹身上扎進了輸液針管的照片。其他報紙，都是大全景的照片。前景是頂天立地的柏樹巨大的軀體，背景是峽谷，峽谷中帶著金屬光澤的花崗石懸崖，以及更遠的蒼黛遠山，以及背後的天空。圖片沒有顯示那些混凝土蓋子是否已經揭開。文字中對這件事情隻字未提。文字中倒有美麗的抒情性文字，憧憬如此之後，古老珍稀的樹種將如何恢復勃勃生機。

這組報導中，還有一張照片，是一個歌星，他熱愛大自然，正背倚著蒼老的柏樹軀幹，伸開雙臂在歌唱。文字裡說，他為保護這些樹捐款十萬。

王澤周想打一個電話給多吉。但是，他已經想像出多吉將如何回答。

他還是打了電話。

多吉的回答完全出乎他的預料：老同學，謝謝你關心。多吉笑了，他說，是貢布副縣長叫我寄的報紙，他還說你肯定還要過問這件事情，他讓我轉達一個意思，你不能老擺出一副好像這些樹是你們家財產的那種天經地義的樣子。多吉放緩了口氣，其實我並不想這樣說，但他的意思我還是要轉達到……

他說什麼？

不用換宣傳股長了。他還說……

你還是告訴我吧？

他說他有一個建議，他說，你跟我們不一樣，是有兩個家鄉的人，你另一個家鄉生態不是更差嗎？你為什麼厚此薄彼，不去關心一下另一個家鄉？

為此，王澤周又去了一趟那個他在黃昏時分只是遠望一陣，而沒有進入的父親的故鄉。他只把車開到高速路上，當路牌上出現了那個地方的名字，他便掉頭回轉。他想，其實，一個人只能有一個故鄉。他不想被不同的故鄉撕成兩半，他不會相信許多人宣稱的那樣愛多個故鄉，就像他不相信有人宣稱能同時愛多個國家。最近，學院裡高薪引進人才，大多是十幾年前的中國人，後來變成了美國人或其他國家的人，如今他們回來，他們在就職禮上都說，回來不為高薪，而是為了報效祖國。其中一位歸國人才是丁教授的同學。丁教授對他說，愛這個國家的錢，愛這個國家的機會，也可以視為愛這個國家。

王澤周說，其實我想研究另一個問題，如果每一個血統純粹的人才能擁有一個故鄉，其他人則不能，世界將會是什麼景象。

丁教授盯著他的書，不肯抬頭，但他說：愚蠢。野蠻。

那為什麼不是普通百姓，而恰恰是知識界，在鼓勵這樣的思想。

丁教授說，你應該知道，這只是病態的情緒，而不是思想。我肯定這不是思想。我只想說一句，既然你被病態的情緒所傷害，那你至少不能被另外的類似的情緒所控制。

王澤周說，我知道弄清楚這種問題又有什麼用處？就算弄清楚了的，又有什麼用處？

這是王澤周在博士論文通過前和導師的最後一次談話。他在寫一個村莊的人類學觀察論文時，心裡其實在寫著另外的文章。

事情卻在他自己都毫無準備的時候發生了。

這件事情因丁教授而起。

丁教授把他叫到辦公室，從櫃子裡拿出來一個檔案袋，裡面裝著多年前他寄給丁教授的關於花崗石丘故事的文章。教授說，有一個論壇，不是我們學院的，而是同城另外的大學有一個論壇，關於文化多樣性的，我推薦了你參加這個會，把這篇文章拿到論壇上宣讀一下。會後，還會收到論文集裡。王澤周知道，這個論壇已經舉辦好幾屆了，論文集在學界也有相當影響。丁教授說，本院發表不好，就到外校發表一下，不然可惜這篇文章了。

結果，意想不到的情形就在論壇上發生了。在他以前，已經有當初否定他這篇文章那位教授的在讀博士宣讀論文。這篇論文以文化多樣性為由頭，其實是一篇宗教文化的辯護文。宣讀完，沒有人提問，也沒有提出不同觀點，只有宣讀者的導師率先鼓掌，然後，會場裡這裡那裡響起了拍得很響的卻又零落的掌聲。王澤周知道那些鼓掌的人都來自於他就讀的學院。丁教授對王澤周說，這樣的學術只會使大家都感到尷尬。

下午，輪到王澤周宣讀他的論文。

宣讀結束，下面響起了掌聲。

但隨即馬上就有口哨聲壓過了掌聲。那些口哨聲是王澤周本院的同學發出來的。然後，本院的佛學教授提問了，他穿上了節日裡才穿的民族服裝，他說，請問，你的內心是什麼？他故意把王澤周論文中區分故事類型的類型誤聽為內心。而且，這也不是花崗石丘故事的重點所在。

王澤周出汗了，但他還是說，我是說類型。

但人家擺出的是橫豎不講道理的姿態，內心？這是心理學的答辯嗎？那麼，請你說說你的內心。

王澤周拒絕回答，也無從回答。

會場中，助威的口哨聲繼續響起。

接著，這位教授用藏語，而不是論壇規定的中文或英文開始提問。

但會議主持人只是顯露出一副無可奈何的表情，而沒有加以制止。

教授用的是書面藏語，王澤周聽不懂這種語言。他從小所講的語言也叫藏語，但那只是一個邊遠地區的方言，和書面藏語相去甚遠。這些年來，在這個學院以及其他地方，有人一直在傳播一種帶著強烈情緒的觀點，說這樣的方言不是真正的藏語。那些說王澤周不是真正藏族的人，除了他不純粹的血統之外，還因為他這不正統的方言。現在這位權威教授，口裡吐出一串串鏗鏘的字元，這讓王澤周想起驅雹喇嘛的神祕咒語。王澤周在向驅雹喇嘛訪求花崗石丘來源的故事時，順便問過驅雹喇嘛懂不懂得他揮舞著木劍對著天空中厚集的烏雲時念誦的咒語是什麼意思。驅雹喇嘛說他不懂得。他說，也許這是西藏的藏語，也許是更遠地方和更遠時代的梵語，他只是從師傅那裡一字一音學了過來。

當時的情景真是有著強烈的荒誕感，那些同樣聽不懂藏語的學者默然無聲，他們起身去上衛生間，去茶歇處喝咖啡，吃水果點心，抽菸，閒談，剩下一個學生獨自面對一個教授的攻擊。

丁教授坐在台下，卻一言不發。

猝不及防的王澤周站在講台上，此時，他是那麼孤獨，連感覺都變得遲鈍了，以至於，當這位凶狠的教授口中的藏語已經轉換成中文，說，請你回答我這個問題。王澤周也沒能明白他的意思。

是另一個教授用漢語重複了一遍他的話，懵懂中的王澤周才清醒過來。他的委屈與憤怒使他說出了這樣的話，我想請問教授，假設我不要這個藏族身分，我作為一個隨便什麼族什麼國的學生，你會這樣做嗎？

一直處在進攻狀態下的權威教授正處於當眾揭發出一個冒牌貨的快感之中，沒想到這個冒牌貨並沒有被摧垮，卻反問了這樣一個問題。

王澤周繼續問，請問你也這樣對待其他學生嗎？如果不是，那為什麼要這樣對待我？

教授沒有回答，這個問題他無從回答。

渾身汗濕的王澤周並不為自己問倒了教授而感到得意，他知道，繼續待在這個學院，他還會有更可怕的遭遇。

當夜，深感屈辱的王澤周就向學校打了一個報告，請求更改自己的族別為漢族。他的報告中有這樣的句子：我是一個漢藏混血兒，按國家民族政策，族別可以根據本人自願，從父或者從母。我過去選擇作為藏族的原因，一方面出於更傾向於母親的情感，也因為自己從小在藏區長大。自從十多年前進入大學求學後，卻在這方面有過許多不愉快的經歷，所以，我請求將本人族別更改為漢族。也許是因為過分認真，也許是因為在這種極端沮喪中需要某種幽默感來安慰自己，他還在這短短的報告中，用了註腳的方式寫下這兩句話：本來，這個混血兒沒有辦法把身體中兩個民族的血液區分開來，所以之故，這個人從來覺得自己可以同時是兩個民族，或者就是一個新的民族。所以，這個當事人始終不明白，在這個國家，在這種情形下，他為什麼只能承認自己血中的一半，而必須成為另一半。

王澤周把這報告遞到了學校的人事部門。

人事部門的答覆很簡單，這份報告有報告的內容，卻不具備報告的格式，他還被告知，一份報告只能清晰明瞭地表達請求事項，而不能包括論文一樣的困惑與思考。所以，他得重寫這份報告。

重寫這份其實只需要有一句話的報告，王澤周又猶豫了三天時間。

這三天時間，那份有一個註腳的奇特報告已經變成了一個傳遍校園的流言。在圖書館，在餐廳，在教室，他出現的時候，總有一些人在竊竊私語，對著他指手劃腳。有了這份報告，他又感到了那股看不見的力量，過去，稱他是假藏族的人，又給了他一個新的名字：叛徒。

他知道，根據這些人的思維與情感邏輯，這是一個可以預料的結果，好像這些天頗費周章地寫這個報告，其實就是等待這個結果成為現實。最後，他幾乎是帶著輕鬆的心情，就在一張A4紙上揮筆寫成了那個報告。他還看了看錶，一共就用了三分鐘時間。兩天後，他得到正式答覆。

答覆一，這份更改族別的報告要上呈該報告人的戶籍所在地的公安機關，而不是學校相關管理方。

答覆二，根據國家的民族政策，一個多民族血統的身分的人，有權從兩個或兩個以上的血統中自願選定一種，作為自己的民族身分，但這種選擇只能在二十五歲以前。二十五歲以後，就不可以再行選擇或變更了。同時，根據現行政策，一個人不能同時具有兩種或兩種以上民族身分，或者因此放棄任何一種民族身分。

這倒是出乎他意料之外的。

他知道，在一些人眼中，這又將成為一個文化背叛失敗的笑話。

他從教學樓下走過，教室內裡有學生探出身子來吹口哨。他從學生宿舍樓前走過時，樹木遮掩的窗戶後也傳來了同樣輕佻的口哨聲。是誰在鼓勵這些求知的青年？為什麼一所高等學府的知識人群對如此張揚的愚蠢視而不見。

他去找丁教授，說自己決定退學了。丁教授說，有一個補救辦法。那就是轉到另一所大學，我為你介紹另一位導師，在那裡，你可以排除很多干擾。

丁教授這時卻能冷靜地作他學者的思考，是啊，即便不考慮你這個極端的個案。我們談文化多樣性，依據後殖民理論談文化身分，理論框架是一回事，其實際產生的作用又是另一回事。在我們這個多民族國家，這個問題真值得深長思之啊！

這在王澤周卻是一個非常實際的問題，他因為教授的冷靜憤怒了，也就是說，一位教授一位導師在他的學生受到不公正對待的時候，沒有出面維護。也就是說，平常他所說的知識份子的操守、學術良心之類都是屁話？

王澤周知道他不該對丁教授說這麼激烈的話，這所學院裡的那些自認血統與文化都十分純正的人，他們並不敢挑戰真正的國家秩序，也不敢挑戰這個族別以外的人，所以，他們就熱中於在這個民族內部清理門戶，沒有能力應對整個世界的人，總是拿親近的人或者可以親近的人撒氣，這其實是一種無能到極致的表現。王澤周其實明白，現在他對著丁教授使性子，說這些激烈的話，依從的也是他所痛恨的那些人的邏輯。

他的話也激怒了丁教授。

丁教授說，按人類學的觀點，你們把自己構建成了一個特殊的類群，我們這些外人怎麼弄得清楚你們內部那些亂七八糟的事情?!世界這麼廣大，誰會在乎你們爭論內部有沒有方言，有多少種方言？在這個文化大融合的時代，誰會在乎你們誰的血統純粹還是不夠純粹?!對不起，這根本就不是一個具有現代性的學術問題！

你們內部！丁教授的這句話讓他摔上門出去了。

他也知道，門在身後砰然一聲關上的時候，學術之門也對他徹底關閉了。

他花了整整一天時間，在宿舍裡整理準備論文時積下的書籍。圖書館的還掉。自己買來的也需要一番清理，他試圖以自己的判斷，決定哪些書是真正的學術，而那些書不是。他給自己定下了一個標準，只留下能裝滿那口柏木箱子，其他的都統統淘汰掉。這天剩下來的時間，他在宿舍樓下的垃圾桶前焚燒那些對他沒有任何意義的書。一些教材，一些應景之作，一些指東打西的作品。當垃圾桶裡升起黑煙的時候，來了學校的保安，來了老師，來了領導，來了看熱鬧的同學，但沒有人說話，他們看一陣就都走開了，他想，自己臉上的表情一定很嚇人，一定讓他們感到了某種威懾。王澤周想，也許在一些關鍵的場合，如果他不是一味軟弱，一味妥協，事情的結局不會是這樣。

就像眼下大家都知道，不要去招惹這個放棄了學位的人，不要去招惹一個隨時會爆發的人。

晚上，和他同宿舍的人也沒有回來。

那是他一生中少有的一個徹夜未眠的夜晚，除了當年他以為父親回了老家就不會再回來的那個夜晚。

好不容易等到天亮，他叫來一輛計程車，可是，轎車的後廂裝不下那口沉重的書箱。最後，還是和他本科畢業離開這個學院時一樣，他腳下放著那口式樣老舊的柏木箱子，坐著三輪車去往長途汽車站。路上，三輪車夫說，這麼沉的箱子，你該不是殺了人支解了要去拋屍吧。

王澤周說，我的父親沒有傳給我這樣的勇氣。

等紅燈的時候，車夫轉過頭看了他一陣，我看你也不像是能殺人的人。

那我像什麼？

三輪車夫說，我真沒有看出來。

這讓王澤周心裡一陣悲涼，什麼都不像，那就是一個身分模糊的人了。

再下一個紅燈，三輪車夫又轉頭對他說，我跟你做個生意如何？

跟我做生意?!

你那口箱子，好柏木啊！我去商場裡買個有輪子的，帶拉桿帶密碼鎖的箱子跟你換，幹不幹？

不幹。

你是要回山裡吧，山裡有的是這種木頭，你跟我換了吧。

這樣的箱子你用不上。

我是用不上，你裡面裝的是書吧。我哪裡有書往裡面裝。知道嗎？現在好木頭都值錢了，你這柏木好，紋理好，還那麼香，我能拿去賺點小錢。

王澤周說，這是我父親親手做的，我不會跟你換。

正文　河上柏影

一

王澤周回到縣裡，立即就遞交了請求調離旅遊局的報告。他的要求是回原來教過書的中學任教。

貢布丹增讓多吉局長捎話給他。話裡還透出來很體恤的意思，看你博士學位沒有拿到，回原來的單位人家會怎麼看你，還是去史志辦吧，對一個學過文化人類學的人來說，這是一個縣能提供的最對口的崗位了。

王澤周問多吉，看這意思，還要我感謝他？

多吉多少還有些同情心，以你的脾氣，去那麼個清靜的地方未必不是好事情。

政府大樓的第一層走廊盡頭就是史志辦，整座樓中最為清靜的地方。辦公室裡掛著一位省領導的題詞：盛世修志。此時，這個過去沒有過志書的縣，已經在八〇年代和九〇年代出過兩版新縣志了。現在也沒有新修志書的任務。閒來無事，王澤周花幾個月時間，讀完了這兩本厚厚的志書，接下來，又打開資料櫃，閱讀了修這兩本縣志時積攢下來的原始資料。他不止是讀，還用筆記本摘抄這些資料。抄滿一本，又抄一本。這樣，一晃就是三四年時間過去了。史志辦沒有接到新修縣志的任務，但這個機構卻還存在著。王澤周就把已經進行過一遍的工作再重複一次。讀那兩本縣志，再讀那些鎖在資料櫃中的原始材料。這期間，結了婚，生了兒子。

結婚也是別人介紹的，問他條件時，他說，模樣中等以上，藏族，三代以內血統純粹。

人家問，不是聽說你自己都要改成漢族嗎？

王澤周歎氣，那都是被逼無奈。再說，這種出格的事，一個人一輩子大概只能做一回。反正就那麼一回，我的力量都耗光了。

聽到他結婚的消息，在三樓辦公的貢布丹增還轉了一個彎，特意到他辦公室來了一次。雖然同在一座樓裡，他到史志辦後，兩個人連面都沒有見過了。

他帶來了一個信封，裡面是一千元錢。他把信封放在王澤周面前，好歹同學一場，結婚都不告訴一聲。

王澤周把信封推回到他面前，淡淡地說，我在鄉下老家辦的婚禮。

貢布丹增說，聽說你一定要找個藏族人。

王澤周說，這樣我的兒子就是血統比較純粹的藏族人了。他再找一個血統純粹的藏族老婆，他的兒子應該能大致符合你們的標準了。

你不是要把自己改成漢族人嗎？

那也是無可奈何，一種反抗。

反抗？

王澤周淡然一笑，對，也算是拚命一搏吧。不過，我還是失敗了。如果真有命運這回事，反抗就沒有意義。放心，縣長同志，那樣的事，我就算有那個心也沒有那個膽氣了。

聽了他這一番話，貢布丹增似有不忍的表情，他拉開王澤周的辦公室抽屜，把那個信封扔了進去，對不起，我要去開常委會了。

王澤周都沒有心思站起來把信封擲還給他。只是，從此他再也沒有打開過那個抽屜。又過了幾年，政府大樓所有辦公室重新裝修，全部換成新的櫃子和桌子，他才打開那個抽屜。發現裡面的一顆蘋果沒有腐料，變成了又皺又小的果乾，那個信封卻在不抽屜裡了。

兒子能走路會說話了，王澤周就經常帶著他回到鄉下那個家。村前路邊，陡峭河道裡的河水還是那樣喧騰不已，有人聽見，沒人聽見，那些聲音都在懸崖下迴盪。起初，兒子問他，河為什麼要叫。他說，不是叫，是喧譁。兒子又問他，河為什麼要喧譁。

他說，我不知道。他說，不止這件事情我不知道，世上還有好多事我都不知道，等你長大了，知道了，再告訴爸爸。他很平靜地想，那還得再等三十年四十年，也許那個時候一切都會不一樣了吧。王澤周再想這些問題時，情緒上已經可以不起一點波瀾了。

花崗石丘上那幾棵老柏樹早已失去了生機。其中兩株已經完全死去，那些虯勁斜枝不但早就掉光了葉子，連那些層層疊疊的樹皮也掉光了，露出光禿禿的木質部分，在陽光下閃爍著鐵灰色的光澤。剩下的三株柏樹還在苟延殘喘，也許是因為它們要更年輕一些的緣故吧。

母親還是會提著柳條籃子去樹下收集帶著香味的落葉。樹失去了生機，落葉也越來越少。還有人來給沒死的樹掛上營養液袋子。但對樹造成最大傷害的沉重的混凝土的蓋子依然沒有揭去。這麼些年的時間過去後，堅硬的混凝土被還在頑強掙扎的樹根一點點拱起來，形成了一道道曲折的裂縫。那些收納了風中塵土的裂縫中，生出了苔蘚，並且一點點向著混凝土的表面蔓延，使得光滑的水泥有了石頭的粗礪的質感。從那些曲折的裂縫中，還長出了藍色花的苣苔和叢生黃色小花的景天科植物。當年，一夜風雨後，落葉會鋪滿整個石丘，現在，落葉只是稀稀落落地這裡一點，那裡一點，王澤周帶著兒子一一撿拾，母親就坐在旁邊，看著兒子和孫子撿來的香柏葉，慢慢蓋住了籃子底。她臉上的表情比原來遲鈍了許多，但她依然會露出幸福的微笑。

原先的白雲寺，也就是後來的西天佛國影響越來越大，已經大到人們去往那裡時，不再需要在所謂的朝聖之路的這個開端上作什麼鋪墊了。曾經，那些自己駕著車跑了幾百公里甚至兩三千公里來這廟裡朝聖人都要在這裡停留一下，登上石丘，望一望老柏樹，望一望湍急喧騰的河水，再望一望即將到達的半山上金碧輝煌的寺院，然後再繼續上路。為此，村子裡專門闢出一塊地，建了一個停車場。花崗石丘和老柏樹作為景點不賣門票，但這個停車場要收五塊錢的停車費。村委會專門印了票，排定了每戶人家輪流在停車場收費的順序。政府說，旅遊業是富民產業，政府在基礎設施和旅遊宣傳上作很大投入，都是為了老百姓得到實惠。這個村的村民收取遊客的停車費就是一個例子之一。但是，老柏樹死了，沒死的也正在死去。遊客也不再在村前停留，那停車費的生意自然就無疾而終了。

不過，前去西天佛國的車真的是越來越多，父親告訴王澤周村裡人說的一句怪話。這句話說，旅遊業，旅遊業，廟子裡的人數錢，我們這些人數車。

母親向來不關心這些事情，她只活在自己的世界裡。父親告訴王澤周這句話時，她突然說，當這些樹都死去，也是她該死的時候了。

王澤周不想對母親說她不會死這種蠢話，所以，他沒有說話。

母親說，其實我也不傷心，樹會死，人也會死，我只是想不通，你父親為什麼不明白這個道理，還要去四處奔忙。他要掙那麼多錢幹什麼？又不能帶到來世去，你說他要掙那麼多錢幹什麼？

現在，父親真的是今非昔比，揚眉吐氣了。先是被評為非物質文化遺產傳承人，後來，又當上了不知誰是老闆的手工合作社顧問。用王木匠自己的話說，哎喲，我都沒想到，老了老了，還能拿兩份工資。他所謂的工資，一份是真的，手工合作社給他的顧問費。一份，是政府給非物質文化遺產的傳承人的生活補助，一個月就幾百塊錢，但他願意看成是國家付給的工資。在合作社裡，他其實就是個老師傅，向人傳授木匠手藝。手工合作社生意興隆，在本縣外縣承攬很多藏式風格的裝修工程，同時，還有在縣城開了個工廠生產各種藏式家具。

其實，王澤周比父親更早就知道他將得到這樣的安排。

在他清靜的辦公室裡，貢布丹增會偶爾光臨。告訴他，你父親要當選非物質文化遺產傳承人了。

王澤周並不領情，他不是漢族木匠嗎？

但他打造出來的東西都是藏族風味的，貢布丹增說，你認死理的脾氣是從那裡來的呢？你父親可是個隨和的人啊。

王澤周說，你，還有你的導師，內心裡不也是認了某種死理嗎？你們的死理不是戰勝了我的死理嗎？

貢布丹增說，你是死不回頭了。

王澤周說，回頭也沒有用了。再去重讀博士，再去旅遊局當個股長？

貢布丹增冷了臉，你倒真不要費這個心，當股長，你早就超過提拔年齡了。

父親在家裡興奮地宣布他當上了非物質文化遺產傳承人，王澤周沒有表示他已經預先知道了這件事情。父親宣布要為此喝上一杯。他說，從今天開始，到我死，國家都要給我發工資了。到他拿到手工合作社發給他的顧問工資時，就更揚眉吐氣了。他說，是貢布縣長點名讓我當的顧問。他說，上學時，他跟你一個寢室，那時，他見你帶去的柏木箱子，就知道我的手藝了。

王澤周給父親添一點酒，爸爸今天高興就多喝一點。

二

又一年春天，村前的老柏樹又死了一棵。

柏樹是常綠樹種，但新枝新葉的萌發，還是在每年春天。這一個春天，第三棵柏樹再也沒有萌發新葉。但舊葉照例應季而掉落。於是，掉光了葉子的樹枝便乾枯了，接著這乾枯便一點點向著樹幹蔓延。幾株死去的老樹光禿禿地站在村前，的確會給人一種不祥之感。村裡人曾經提出過要不要伐倒這些死去的樹木，但縣上傳下話來，誰敢在瀕危樹種身上動一斧頭，那必定會有牢獄之災。

為此，貢布丹增還特意去了一趟王澤周的辦公室，他說，你們村裡那幾棵樹，你要幫著縣裡做做老百姓的工作。

王澤周說，那幾株樹已經死了。

自然死亡是一回事，人工砍伐是另一回事，你知道，性質完全不同。

王澤周說，對了，不是傳說要修水電站嗎？大壩建起來，村子都要淹掉，保護幾棵死樹和要死的樹還有什麼意義？

貢布丹增告訴他，縣委已經討論通過，提拔王澤周做史志辦的副主任，級別副科。

王澤周說，就算當主任又怎麼樣？在這個地方？我不當。

你就知足吧，就這個位子，就這個樓裡，起碼有二十個人想當你信不信？

王澤周說，對，這個世界還是跟你一樣的人多。

貢布丹增忽然歎口氣，我也看穿了，看我辛辛苦苦幹了這麼多年，不還是個副縣長。

王澤周說，常務。

貢布丹增再歎一口氣，你說我都常務多少年了。哎，這年頭，做事的人總有人挑剔，不做事的人，反倒爬得快。貢布丹增說，有些挑我刺的人，用的可是你的話。說我發展旅遊業是假，支持宗教無限度發展是真。

我沒有對人說過這樣的話。

我知道你沒有說過這樣的話，我知道你沒有背地裡說過一句對我不利的話，但我知道那是你一直想說的話。

我早對你說過，我的力氣已經耗光了。

貢布丹增說，我都後悔沒把博士念完，來當這個旅遊副縣長，要是不來，我該是正教授了吧？

王澤周說，那就要在學術上滅掉你們眼中的種種異端了。那我寧願你來當這個縣長。

不像你說得那麼嚴重吧。

也許背後的東西比我說得還要嚴重。不過，王澤周說，還是說水電站吧。

貢布丹增告訴王澤周，其實這個水電站縣裡申請立項已經好幾年了。可在環評上遇到了問題。這是個投資幾百億的大專案，建設期間，縣裡每年就能增加幾千萬的財政收入。發電後，大筆稅收的就更加穩定。就因為電站的壩址和大壩攔水後的淹沒區正好是岷江柏的分布區，環評一直不能通過。其實，除了這種樹，還有一種每年溯河而上的魚，也是環評老是不能通過的原因之一。如今，魚洄游產卵的問題解決了。在壩址的下游，原先王澤周參與開發過的那個雪山景區半途而廢，因為全球變暖，那座作為景觀中心的雪山，一年裡有半年都沒有積雪了。沒有了雪山，規畫中的度假酒店自然吸引不了任何投資商。現在，雪山下的那個高山湖，因為外洩的溪流與大河交匯，正好作那些魚群新的產卵地。據說，縣裡請了有關專家來，從河裡捕了許多魚到那個高山湖中產卵，第二年，牠們再從遙遠的地方洄游時，就循著新路去那個湖中產卵了。現在，縣裡要做的工作是證明這個電站不在岷江柏核心的保護地帶。

王澤周說，八〇年代，我老家村子一帶還有成片的岷江柏林，可成片的林子早都被砍光了，再說這個地方是核心保護區早已不是事實。

貢布丹增說，林業局這幫白吃飯的，他們弄了多少年材料，怎麼不承認這個事實。

那些樹大部分就是縣辦林場伐掉的。

貢布丹增說，本屆政府擔不了往屆政府的責任！項目一上馬，你們村首當其衝，到時你可不要反對。

王澤周說，我不反對，但就擔心父親，又要操心如何建一座新房子了。我不想他再那麼辛苦了。

就在這場談話幾天後，一個意外事件，結束了貢布丹增的縣長生涯。

這事與寺廟有關。

一個在白雲寺作了很多供養，皈依了上師，年年都來寺裡禪修，接受上師密宗灌頂的台灣老闆，請了寺上的活佛去台灣弘法。這一行下來，為回報，自然給了他更大的加持和新的名號。據說，這位台灣老闆已經是一位智慧的阿闍黎了。這一年，這位阿闍黎又說動了廟裡，拿一部分文物級的佛像、唐卡和法器到台灣去作弘法展覽。他保證，通過這次展覽不但能爭取到新的信眾，更能募化到大筆供養。

為這事，貢布丹增第一次給史志辦親自布置了一項工作：替廟裡修訂潤色展覽圖冊上的文字。他對王澤周說，這工作你最好親自做，這是文化傳播。

不承想，這個展覽卻是一個騙局。這些文物到達台灣後就消失了蹤跡。原來所謂的台灣老闆其實就是個文物販子，不知他是從皈依那一天起就設計好了騙局，還是臨時起意。總之，這些宗教文物和這位漢人阿闍黎一起神祕地消失了。

這麼一件文物案件追查的結果是多吉不但被免去局長的職務，還被開除了公職。這時縣裡的文化旅遊兩局早就合併，文物能批准出境跟他這位分管文化事務的局長大有干係。多吉被拘禁了幾個月時，傳說，他所以被開除公職是因為把不該他扛的責任都攬到了自己身上。

也因此，貢布丹增被調回了大學。

離開的時候，他還見了王澤周一面，他說，這下好了，無官一身輕，終於解脫了。

王澤周說，你是解脫了，只可惜了多吉。

我們都自求多福吧。

一年後，回到學院的貢布丹增就拿到博士學位，聽說接著又博士後了，聽說，接下來還可能出任學院籌建中的一個新研究所的所長。

三

也是這一年，水電站真的開工了。

工程交給專業的水電建築公司，電站庫區將被淹沒的幾個村莊的移民安置卻是當地政府的事情。也是機緣湊巧，這些移民搬遷正好與正在大力推行的城鎮化和新農村建設配合起來。不想再過農耕生活的人家搬進縣城正在開發的新區。離不開農耕生活的，都移往幾個正在建設的新農村試點。

王澤周家裡的土地、房屋、果樹都折了價，在縣城新區得了一套房子，還有餘錢。

父親問他該把房子裝修成什麼樣子。

王澤周說，你和媽媽住著舒服就好。你問媽媽想要新房子是什麼樣子。

母親說，我只是心痛老房子，心痛核桃樹，它們長了多少年才長成了現在的樣子。你爸爸說要砍了核桃樹，我心痛我們家的核桃樹。

父親說，你不砍別人也要來砍。我砍了還可以給孫子做一套好家具。他說，核桃木可是做家具的好材料。

王澤周想起父親當年一手一腳，花了好幾年時間才把房子蓋好，怕這個閒不下來的人又要為新房子辛苦自己。

父親笑了，說，我們合作社那麼多工人，哪還用得著我親自動手，我也就是指點指點。

情形也果然是這樣。

不到一個月時間，父親就帶著一家人去看裝修好的房子了。廚房、客廳、三個臥室。孫子的臥室果然是用老家房後的核桃樹做了桌子和櫃子。父親撫摸著桌子的表面，看看這些紋理多麼漂亮，像不像是雲彩一樣？

王澤周心裡發暖，卻不知道怎樣向父親表示心意。

母親坐在簇新的客廳裡，一臉幸福的神情，嘴裡卻還在念叨，人為什麼要那麼多電，我可憐那些要被大水淹掉的莊稼。

父親又問王澤周，你那個箱子還在吧。

我一直用它裝著書呢。

那些書都有柏香的味道吧。

有柏香的味道。

父親說，你以前嫌棄那箱子的樣子。

王澤周說，我就是覺得箱子的樣子太笨了。

父親說，現在可找不到這麼好的板子了，我想好了，把這口箱子改成一個書櫃。

說話的時候，父子兩個站在陽台上，眼前，是縣城的建築，一直整整齊齊地排列到山前。山坡上工程隊正在澆鑄預防泥石流的水泥堤壩。

王澤周說，其實，要不要書櫃都可以，反正我念書也沒念出什麼名堂。

父親歎了口氣，王澤周，其實我知道，你那些不順利，都是因為有我這麼個爸爸。父親想伸手抓住他的胳膊，但只輕輕碰了碰他就縮回去了。父親說，當年，要是沒有走到老家村子，沒有遇到你媽媽，我肯定就餓死在路上了。她憐惜我，我也憐惜她。只是有我這麼個爸爸，委屈你了。

王澤周覺得喉嚨發緊，眼睛發熱，他點了一支菸平靜自己的情緒。

父親說，我真的要把那箱子改成書櫃，我哪裡想過家裡還會出一個讀書人啊！

王澤周說，那你就改吧。

第二天，王澤周把那口箱子裡的書都騰了出來。那一本本的書，的確像父親所說，都帶著柏木的淡雅馨香。他開車把箱子拉到了手工合作社。他看著父親細心地撬開包在箱子四角的鐵皮，撬開榫頭，看著箱子重新分成一塊塊木板，看著父親啟動了電鋸，把兩塊木板分解成各種尺寸的木條，剩下的板子逢中剖開，每塊木板都變成了三片。父親還把工作檯上的木屑都收集起來，裝在一個袋子裡，好木頭啊，鋸末都這麼香，帶回家給你媽媽，燃起來跟那些柏樹葉一樣的香。

這一天，王澤周才發現，原來失去公職的多吉是手工合作社的老闆。

當他要離開工廠時，一輛皮卡車開進了院子。車上裝的是柏樹粗大的樹根。父親沒抬頭，說，老闆回來了。

王澤周看到從副駕駛位子上下來的是多吉。

你的老闆是他？

父親說，一直是他。

多吉見了王澤周也不吃驚，大大方方地來和他說話。

倒是王澤周自己有些尷尬，沒想到你是老闆。

多吉說，人總得混口飯吃吧。

王澤周慢慢回過神來，我一直奇怪，說手工合作社生意紅火，卻從來沒有見過老闆，是不是那時你就是老闆？對了，是不是貢布丹增也跟你一樣？

多吉沉下臉說，你就不要扯上其他人了，我就是老闆，要不是當年弄下這個攤子，還不知道去哪裡找飯吃。

王澤周說，其實我應該想到。

說明你這個人不靈活，沒有生意頭腦。多吉說，電站工地上挖出來的這些木材，我都給他收購了。都是岷江柏啊！平常誰敢動，現在好了，我可以多多收購，合理合法。

王澤周說，彎彎扭扭的樹根算什麼木材。

多吉說，我說你沒生意頭腦嘛！什麼東西少，什麼東西珍稀，它就值錢了，如今就是這麼個時代。信不信到時候，這些爛樹根也能值很多錢？

不幾天，父親就把新書櫃做好，搬回家了。他心滿意足地看著王澤周把一本本書裝進書櫃。母親又是一臉憐憫的表情，對孫子說，你爸爸的腦袋裡要裝進去這麼多書，真是可憐。接著，老太太臉上又換上了那種近於羞怯的表情，我夢見老房子了，我想我們家的老房子了。

孫子卻說，我不想回鄉下，我喜歡新房子。

王澤周說，喜歡新房子的就留在新房子裡，我陪媽媽去老房子住幾天。

四

在鄉下的老房子裡，媽媽說，王澤周，我傷心了。

王澤周喜歡媽媽叫他名字時獨特的發音方法。王，這個詞，她能發出漢語準確的音調，但到念澤周這個名字的時候，又變成了純粹的藏語，則——吾——周。則，重音宛轉到輕聲的「吾」，再一宛轉成一個短促的閉合音：周。

王澤周也愛母親這樣的模樣，她是一個老太婆了，但她還是跟年輕時一樣，會撒嬌似地對兒子說話。她說，王澤周，我傷心了。

王澤周說，媽媽不要傷心，我們去收香柏的葉子吧。

媽媽說，那你拿上籃子啊。

王澤周說，我已經拿上了。

下樓走過村道的時候，王澤周就知道媽媽為什麼會傷心了。這個即將被淹沒的村子已經沒有村子的樣子了。大部分房子已經搬空，房子內部的木料也都拆走，有公司專門收購這些老房子裡拆下來的老木頭，杉木的柱子，樺木的檁子，香柏木的板子就更加搶手了。手工合作社是當地企業，被他們看上的東西別的公司不敢下手。王木匠如今又成了鑑定木材的行家。那些卸去了門框和窗戶的房子內部，黑洞洞的，散發著殘夢的氣息。以前環繞在房前屋後的核桃樹、梨樹都被伐掉了。地裡的莊稼沒人侍弄，也是一副自生自滅懶心無腸的模樣，它們還可以生長，但似乎都已經無心生長。

整個村子，只有王澤周家的房子還原封不動。父親帶著人，開著合作社的皮卡回來過幾次，都空手而歸。他說，自己一手一腳蓋起來的房子，怎麼也下不了手。

多吉知道在這個即將消失村子中，數這座房子有最多的香柏木，不止是粗大的柱頭，就是那些護板都是上好的香柏，所以，他說，那我們去，不用你去。

王木匠說，那我還是不忍心啊！我更怕王澤周的媽媽受不了啊！

多吉說，總不至於讓大水把這些香柏木都淹掉了吧。

王木匠說，都是我一手一腳，一根柱子，一根柱子，一塊板子又一塊板子，用了五年時間才建好的啊。就讓這房子盡量多在一些時候吧。

所以，他們家的房子現在還在這個殘夢一樣的村子中完整地矗立著。

故事進展到這裡的這個時代，人們拜物達到了不可思議的瘋狂程度。

就是附近的一個村子旁，有一種石頭被人發現可製作成硯台，雖然這個時代人們都在電腦上書寫，用不上這種研墨的工具了。而且，本地文化裡也沒有用毛筆書寫，用硯台磨墨的傳統，但這個消息傳得像電流那麼快，一夜之間就傳遍了四面八方。這個消息也像電流一樣有力，一觸及哪個人，那個人就連頭髮都豎立起來了。不知道，一下子就從哪裡冒出來了那麼多人，都去瘋狂採挖這些石頭。起初，當地村民還把這些貪婪瘋狂的人視為一種笑話。但是，誰又禁得起這些石頭就是錢，就是很多很多錢的傳言的刺激呢？第二天，村民們就拿起鋤頭拿起鋼釬被捲入了這種瘋狂。第三天，當地村民醒悟過來，這些值錢的石頭都是屬於自己村莊的財富，於是，手裡的採挖工具變成了驅逐外來人的武器。好幾場本地人和外來人激烈的衝突後，雙方都有人被打裂了腦袋，打折了手腳。但人們的瘋狂互相傳染的速度是那麼迅猛，一個小村莊的人無法阻止越來越多做著懷著暴富夢想的人的湧入。無奈地停止了不見效果的硯石保衛戰，重新加入了瘋狂的採挖大軍。後來，更有功能強大的挖掘機械開進了現場。很快，村子四周好幾平方公里範圍內兩三公尺深的地表就被翻掘了不止一遍。原先布滿了野桃樹林和栽植了許多小岷江柏的河岸與山坡像被重炮反覆轟擊過一樣。於是，有人開始向地下更深處實施爆破了。

使這場瘋狂止息的，不是縣裡派來的執法隊伍，而是一個來自市場的消息：這些石頭只是看起來像某種硯石，但只是像那種硯石，所以，依然只是一種不值錢的石頭。這時，那些潮水般湧來的人群又在一夜之間消失了。小村人看著堆在面前的那些石頭，看著村子四周變得百孔千瘡的山坡，唯一可以安慰自己的就是，反正不久之後，這裡都要被大水淹沒了。

王澤周就是在這樣的情形下，陪著母親回到了即將消失在水下的鄉下老家。

他扶著母親登上了花崗石丘。三株老柏樹都死了。剩下兩株年輕一點的，也是半死不活的樣子，已經沒有什麼樹葉可掉了。落到地上的，大多已枯乾，還有一點點香味，但那香味已經非常隱約了。母親看著兒子一點點收集那些香柏葉，一點點裝進籃子，又說，老柏樹讓我傷心了。

母親說，王澤周我們還是回新家去吧。我不想傷心了。

媽媽，等我撿完了這些柏樹葉就走。

王澤周蹲在地上，從那些樹根周圍，從那些裂縫中間，一點一點的收集乾枯的柏樹葉。這些樹葉帶著暗淡的綠。它們不是一片一片，而是一枝一枝的。真正的葉子是那麼細小，覆瓦一樣，魚鱗一樣，一片緊壓著一片，裹在分杈的細枝上面，有點像是開岔的鹿角。他說，媽媽，這裡沒有了香柏葉，別的山上還有。他心裡想，自己肯定會提著這只籃子，去為母親收集祈神的香柏葉。但是，這一天，收集起來的香柏樹葉連籃子底都沒有蓋住。

王澤周抬頭看這幾棵已經枯死和正在枯死的樹，心想，幸好要修水電站，現在不死，它們也要被水淹死。

母親看著籃子裡那一點乾焦焦的香柏葉對兒子說，王澤周，我以前跟你說過，這些樹死的時候，我也會死去。我現在真的覺得我也要死去了。我們回去吧。

王澤周笑著說，好，媽媽，我們回去吧。

母親說，我兒子是個有良心的人，可你現在怎麼還笑得出來？

王澤周說，媽媽，我笑是因為你說回去，你已經把縣城的新家當成真正的家了。所以，你不會跟這些樹一起死去。

母親拿過籃子，把裡面那些香柏葉抓出來，重新撒回柏樹下面的地上，撒在那些虯曲的樹根上，撒在混凝土和花崗岩的裂縫中，一邊撒，一邊在口中嘀咕：可憐見的，可憐見的。她說，我用了那麼多香柏葉子，還是把這些最後的葉子還給它們吧。

然後，她又說，王澤周我們回家去吧。

都上車了，母親又說，王澤周，我們跟老房子告個別吧。

王澤周以為母親還要回老房子裡去，但她沒有，她只是轉經一樣圍著老房子轉了一圈，又轉了一圈，對扶著她的王澤周說，你爸爸造這座房子時多麼辛苦啊！

王澤周說，媽媽，我記得。

母親又說，王澤周，你爸爸是個好人。母親又說，你也是個好人。我曉得別人怎麼說你，你也是個好人。

原來，他以為什麼都不明白的母親其實是什麼都明白的啊，王澤周的淚水就掉下來了。

五

回到縣城的第三天，中央電視台播放了一條關於環境保護的消息。

這條消息講的是柏樹。不是岷江柏。要是講岷江柏，正在修建的電站或許就要停工好一陣子了。電視裡講的是另一個地方的另一種柏樹。說的是幾千里外的太行山裡的一種柏樹：崖柏。這種柏樹在那個地方比岷江柏還要稀少，從電視畫面上看，都沒有一棵像樣的大樹了。鏡頭所到之處，只是一些光禿禿的懸崖，比電站工地四周那些懸崖更高更陡峭，也更荒蕪。在那些崖壁上，這裡那裡，還有一些盤曲的樹根，一些斜倚而出的殘枝或幼樹，但是，就是這些叫岩柏的殘根剩枝，引發了人們的瘋狂。就由於這種木材也跟岷江柏一樣有漂亮的紋理，還含著些香氣，在拜物的社會受到空前的追捧。人們把大件的製作成根雕，小件的車成一顆顆珠子，小粒的製成佛珠，大粒的製成手串。因為材料稀少而價格爆漲。於是，這些面臨滅絕的岩柏又面臨著新的浩劫。人們冒死攀上懸崖，把最後的根從岩縫裡挖出來，把艱難萌生的新枝砍下來，製作根雕與串珠。

這本是一條遙遠的消息，本是一條呼籲保護環境的消息，不想卻在這個生長岷江柏的地區，起了另一種效果。很快，來當地尋找香柏的人就絡繹不絕地出現了。那些人帶著大量的現金，開著皮卡車，在鄉下四處遊走，說：崖柏，崖柏。他們聚集在縣城的藏式和漢式茶館，聚集在大酒樓和小飯館，說：崖柏，崖柏。

很快，本地人一直稱為香柏的岷江柏，就有了一個替代的名字：崖柏。

岷江柏變成了崖柏，價格也直線上升。僅僅一個星期，價格翻了三倍還多。

這個地帶的人們，已經經歷過蟲草價格的瘋長，經歷過松茸價格的飛竄，經過了這種經濟奇蹟洗禮的人們不會不相信又一個經濟奇蹟來到了。

這可把多吉高興壞了，他開著皮卡車，帶著王木匠在四鄉遊蕩。手工合作社是當地企業，外地人不是競爭對手，何況還有一眼就看出木材品相優劣的王木匠。多吉說，媽的，早知道這樣，當年我還為開除公職傷什麼心！

王木匠說，可我還是為這些樹傷心的。

多吉嘲弄說，原來王澤周的死腦筋是從你這裡來的。

手工合作社另一個隱身的老闆，貢布丹增也帶著一位收購崖柏的大老闆從省城回來了。

多吉很得意地向他報告這段時間意料之外的收穫。

貢布丹增的評價卻是：小打小鬧。

他帶來的大老闆也說，的確是小打小鬧。

大老闆是話是在那座花崗石丘，在那幾株枯死的老柏樹下說的，是在王木匠帶著他們上上下下看完他們家那座老房子時說的。老闆說，讓那些人去搜羅那些殘根斷枝吧，我只要這座房子，還有這五棵老樹就夠了。

不是沒有人打過這座房子的主意，但多吉說了，王木匠是合作社的顧問，所以，這房子也只能賣給合作社。更不是沒有人打過那幾株老柏樹的主意，但這麼大的目標，不得到相關部門的允許，即便這幾棵樹已經死了，即便這幾株樹最後的命運就是被大水淹沒，但還是沒有人敢輕易下手。

貢布丹增說，這個容易，那些人找不到的廟門，我知道開在哪裡。

大老闆每隻手腕上都戴著不止一串手串：檀香木的、琥珀的、蜜蠟的。碩大的珠串間還有一只大錶盤的錶，指頭上還有一枚碩大的祖母綠戒指，弄得他的手都不被人關注了。他包裡還有十多串菩提子的佛珠，看完王澤周家的老房子，還有那幾棵老柏樹，他和貢布丹增就上山往西天佛國去了。他們要請活佛給這些佛珠開光。

臨行，他從包裡拿出兩串岩柏木的手串，對王木匠說，看看你的手藝，能不能做出來同樣的珠子。

當天下午，王木匠就在手工合作社的車床上做出了同樣的珠子。除了紋理與色澤與崖柏稍有差異，拿到手裡也立即就有香氣入鼻。

多吉說，原來我想就拿這些柏木做點家具，乖乖，這麼多木頭能車出多少珠子！

晚上，疲憊不堪而又興奮不已的王木匠回到家裡，他喝了一點酒，說，這下好了，我們家的房子保住了。

王澤周覺得父親也陷入那種傳染性極強的瘋狂狀態了。

母親卻說，大水不會淹我們的房子了？

王木匠說，來了個大老闆，他要把房子買下來，一模一樣地在另一個地方重建起來。王木匠說，你們猜猜這座房子他出多少錢？告訴你們，三百萬元！我是作夢都沒見過那麼多錢！

幾天後，他們家就真的收到了這筆錢的一半，一百五十萬元。這一天，那個大老闆要開始拆除王澤周家鄉下的老房子。

母親不肯去鄉下，她在家裡的佛龕跟前，點燃了香柏樹葉，她說，天可憐見，他們說我們家的老房子會在另一個地方活過來，天可憐見，就叫老房子活過來吧。

王澤周開著車跟去了。

他走進老房子，看見每一塊木板，每一根柱子，每一條檁子，都標上了編號。大老闆跟王澤周說，聽貢布說你會寫文章，到時候，我要請你把這座房子的故事寫下來，你父親造這座房子的故事，你們在其中生活的故事。大老闆還告訴王澤周，他不止把這些香柏木都編了號，他還請縣電視台最好的攝影師把這房子裡裡外外都錄了影。他在省城郊區有一個占地寬廣的園子，他要在那個園子中照原樣恢復這座房子。那時，這座房子會成為一個高級會所。他說，我要請你和你父親來講這座房子的故事。不光做學問要講故事，做商業也要會講故事。

王澤周語含譏諷，比如說岷江柏變成崖柏的故事。

大老闆不以為意，對貢布丹增說，你同學有些拘泥，有些拘泥了。貢布丹增拍拍王澤周的肩膀，老同學，這個世界，你也該換換腦子了！

這時，對老房子的拆解開始了。

在攝像機鏡頭前，大老闆拿著工具比劃了一個動作，然後，就把工具交到王木匠手上，這件事情我可是外行，你造的房子，你才知道從哪裡開始。這是一根前端扁平的金屬撬棒。王木匠表情變得嚴肅了，他拿著這根撬棒，這裡敲敲，那裡看看，終於撬棒那扁平的一端楔入了板壁的縫隙，稍一用力，木板就發出了吱吱嘎嘎的聲響。他停下手，說，我下不了手，我自己蓋的房子。王澤周不忍看這情形，轉身下樓去了。所以，他沒有聽到大老闆說，想想我給的那麼多錢，你就下得去手了。

王木匠沒再說話，手上一用力，那木板就在他手下彎曲起來，然後，劈啪一聲，那塊木板的上端就從榫口中鬆脫出來了。叮噹一聲，王木匠手中的撬棒落在了地板上。他說，就從這裡開始吧。說完，他就一臉蒼白，來到了樓下。他在院子裡和兒子站在一起。沉默良久，他對王澤周說，我剛來這個村子時，你媽媽的老房子，其實就是一個牛圈。他對王澤周說，給我一根你的菸，他吸了一口菸，說，那時，我發了誓給這個好心又可憐的女人，也給我自己，給我的兒子蓋一座好房子。我是木匠，後來我蓋成了一座房子，在那座房子有了你。再後來……

聽到這裡，王澤周幾欲淚下，他說，爸爸，我知道，我永遠都記得你是怎麼樣蓋成了這座房子。

王木匠說，從今天起，我們就再也沒有這座房子了。他說，我知道，就是這座房子再蓋起來，也不是我們家的房子了。

王澤周握住了父親的手，說，我感謝你一輩子對媽媽那麼好。

王木匠說，你媽媽，我，我們這樣的人能活到今天這個樣子，不容易的呀！

王澤周的淚水就在拆解這座房子的聲音中落下來了。

王木匠說，我知道你那些不順，他們叫你受的那些委屈，都是因為有我這樣的爸爸，可我能說什麼，我什麼都不能說。你不要怪我。

王澤周收了淚水，我想過的，我既然不能事先就選好誰做我的父親，我就不能怪你。

王木匠說，等那些錢都到了手，等我和你媽媽死了，你可以帶著老婆孩子，到很遠很遠的地方去，到那種不計較一個人父親是誰、母親是誰的地方去。

王澤周說，爸爸，我就是這個地方的人，我什麼地方也不會去。沒有人有權利說這個地方是他們的，而不是別人的。這個地方也是我們的。永遠都是。

六

拆除那座老房子用了十多天時間。

最後的那一天，王澤周又從縣城去了老家村子。現在，村子裡最後一座房子也被拆除了。所有木板都打成捆，所有柱子和檁子都編好號，裝上了卡車，甚至房屋外牆上稍大的石頭也都裝上了卡車，等待啟運了。

父親帶著傷心的表情對王澤周說，等這座房子再蓋起來，就不再是我們家了。

王澤周安慰父親，至少我們還可以再看到老房子，別的人家就什麼都看不到了。他想，村裡別的人家，就只好在夢裡看見它們了，再以後，那些如今只剩下殘牆的老房子，和那些曾經的生活，在夢裡也會失去模樣，直到什麼都看不見了。

這一天，全村人大概都把王木匠家這座房子的消失看成一個村子最後消失的日子，能來的全都來到了現場。人們在各自老屋的廢墟前沉思，或在過去從這家去往那家的，正在被牛蒡與蕁麻淹沒的路上穿行，表情恍惚，猶如夢遊一樣。上午十點，載著一整座房子的幾輛卡車開走了。公路仍然還是那種樣子，出了村子，就是漫長的上坡，上坡的公路旁邊，就是那段喧騰的飛珠濺玉的河道。卡車爬到坡頂，從人們視線中消失，剩下的就只是河裡的白浪和它們大聲的轟響了。

接下來，就是對付那幾株老柏樹了。

貢布丹增果然弄到了砍伐老柏樹的許可。

雇來的挖掘機和吊車轟轟隆隆開到了花崗石丘前。

挖掘機的車斗把人舉到了老樹半腰高的地方。上去的人先用吊車垂下的綱纜拴住柏樹粗大的旁枝，然後，電鋸嗡嗡開動，截斷的樹枝掉下來，在鋼纜上左右擺盪。吊車手操縱鋼鐵長臂，把鋸下的柏樹粗枝放到了地面。人們都站在花崗石丘的四周，靜靜地圍觀。沒有人歎息，當那些樹枝與樹身斷開，在空中劇烈擺盪時，人們也沒有發出驚呼。在強大的機械操作下，幾棵老柏上粗大的斜枝很快就被截光了。原先，粗壯的樹枝手臂一樣四方伸展，現在老柏樹變了一個樣子，那樣孤零零地直刺天空，顯出某種怪異的模樣，以一種無所適從的樣子站立在它們在花崗石丘，站立在這個峽谷中的最後時刻裡。

樹枝截光後，又換了功力更大，手臂更長，自重更重的吊車，這一回，鋼纜直接繫到了樹身之上。電鋸在半空中對準了柏樹的樹幹。電鋸嘶吼，切口上飛出的鋸末飛濺開去，然後，如雪花一樣，紛紛揚揚地從空中降落到地面。有風的時候，鋸末飄到更遠的地方。風向南，就把鋸末拋灑在人們頭頂和身上。風向北，就把那些細碎的帶著香味的木屑吹向了河面。河還是在那樣的奔騰喧譁，那些鋸末其實還沒有真正落在河中，就被騰起的浪花席捲吞沒了。下午，太陽轉了一個方向，照例把柏樹的陰影投在白浪翻湧的河上。但那影子和過去大不相同。過去的影子如傘如蓋，現在卻只是幾道直通通的黑暗在波浪中搖晃。像一個踉蹌的醉漢，像一個將轟然倒下的巨人。

電鋸是要把樹攔腰截斷，這裡村子裡的人們從未見過的伐倒一棵樹的方式。

過去伐樹都是直接對著樹根部大動刀斧，然後，一棵生長了幾十年幾百年的大樹便搖晃著身子，轟然倒下。樹倒下時，二十米三十米高的身子，連帶著枝葉，重重地摔倒。摔倒在陡峭的山坡上，摔倒在河岸邊堅硬的岩石上，在轟然的巨響中，碎裂的枝葉四處飛濺，粗壯的樹身被撞斷，被撕裂。一棵樹上的有用之材，就在這轟然的摔倒中壞掉了四分之一，三分之一。

現在人們看到了對木材無比珍惜的採伐方式。因為這木材的價值都要堪比黃金了。人們聽說，如今被冒名為崖柏的岷江柏材質最好的部分如今已是按公斤議價了。

這也是一個創造。挖掘機用翻掘土地的挖斗把人舉到半空，舉到了齊樹身半腰高的地方。斗中人腰繫著保險繩，戴著安全帽，手裡揮舞著電鋸，對準了樹的半腰。那人一開電門，電鋸尖利地嘶叫，飛轉的齒鏈向空中噴吐出飛濺的鋸末，最多五分鐘，上半段樹身就倒下了，懸在空中吊在鋼纜上左右擺盪，樹本身沒有發出一點聲音，倒是鋼纜和吊車的鋼鐵長臂發出刺耳的聲音。

最後，那樹幹被吊車小心地放下來，降到了地面。和前面那些樹幹一樣整齊地擺在了地上。

如此這般，一棵在半空中站立了幾百上千年的樹，在風中雨中雪中陽光中站立了幾百上千年的樹幹就從空中消失了，變成了一段木料躺在了地上。新鋸開的茬口是斷骨般的灰白，而一圈圈的淡淡的紫紅色，是記錄它生命歷程的年輪。靜默無聲的人群站立不動，沒有人想要去看看躺在地上的樹幹的樣子。神樹正在被支解，被切割，但什麼事情都沒有發生。天上有薄雲飄過，更高的崖壁上依然聳立著的岷江柏樹的枝葉間，有鳥在起落。挖掘機的車斗又把電鋸手舉向另一棵樹的半腰。僅僅一個多小時，那五棵樹就只剩下下半截樹身，不掛一枝，不著一葉，在天底下矗立著。

電鋸手回到了地面，站在花崗石丘的頂部，對著柏樹的根部開動了手中鋒利的切割機械。

只用了兩個小時，河上的柏樹影子徹底消失了。

這五棵樹的樹幹和樹枝，都被電鋸進一步分解，切割成一樣的長度，一段一段的用吊車裝上了卡車，在車廂裡碼放得整整齊齊。卡車引擎啟動了，在一陣轟鳴聲中，卡車載著柏樹幹，樹幹上坐滿了失去了這個村的人們離開了。他們離開，永遠也不再回來了。而那座花崗石丘還在那裡，沒有了上面的柏樹，石丘顯得更為孤立突兀。石丘上面，柏樹被齊根截斷的地方，留下了五個大小不一的斷口，倒不像是樹樁，而像是這石丘的新鮮的傷口。石丘上面，殘留下的粗壯扭曲的樹根還像巨大的獸爪一樣緊摳著石丘。

王澤周最後一個離開。他想起當年訪求石丘故事的情形，想起自己如何用父親新做的尺子丈量石丘，想起那篇未能發表的文章帶來的種種遭際。天黑之前，冰冷的河風起來，他也駕車離開了。

他想，這個村子，這座石丘，這幾株柏樹的故事就此永遠結束了。

七

大老闆臨行前，通過王澤周找到一個當地畫家，收購了這個無名畫家描繪這一帶山水風物的十多幅油畫。他說，只有用這些畫裝飾那個新會所，才是最合適的。

王澤周說，其實這樣的事情，你找貢布丹增一樣能辦。

大老闆說，不然，不然，找關係得他，給珠子加持開光找活佛，這樣的事情還是找你穩當，各用其長，各用其長。

王澤周想，這就是書中所說的，可怕的沒有任何原則的實用主義了。

那天，他回到辦公室，照往常一樣枯坐一陣，看著斜射進房間的光柱中飛舞著的那些細細的塵埃，突然有了動筆的念頭，他要把老家村子的消失，自己家房屋的拆除，石丘上老柏樹的消失，這樣的過程一字一句地記錄在紙上。他寫得很慢，寫得很平靜，也很凝重。回到家裡，母親問他，王澤周，可憐見的，你的腦袋裡又在想什麼啊！

王澤周說，媽媽，我什麼都沒想。我只是又在寫文章了。

媽媽伸出手來，撫摸著他的額頭，可憐見的，王澤周又在折磨自己的腦袋了。

母親又問，咦，這些日子你爸爸上哪兒去了？

王澤周說，媽媽，我不知道。

就在這時，父親肩上扛著一段纏繞著破布的什麼東西回家了。當他解開那些破布，現出來的也是一段彎彎曲曲的柏樹根。王木匠說，你們看看，像個什麼？

一家人都覺得那樹根彷彿像個什麼東西，但又說不出來到底像個什麼。

王木匠露出得意的表情，他把樹根搬到陽台上，拿出家裡那套很久不使的木匠工具，用斧子這裡劈劈，用鑿子那裡搗搗。這下，大家都看出來，那是一隻鹿的形象。一隻舉起了一隻前蹄卻拿不定主意要不要邁出這一步的鹿的形象。

關於這隻鹿，一個木匠自有他一套說辭。他說，以前，有錢人家都要把鹿雕在窗戶上，鹿就是祿，祿就是錢，他遇到這隻鹿，是他的後人不用再受他們受過的那些苦的意思。

王澤周這才問他這些日子幹什麼去了。

他說，我就在老家啊！

這些天，他真是又回到如今已沒有一座房子，也沒有了老柏樹的村裡去了。這是貢布丹增和老闆離開時吩咐的，叫他把花崗石丘中那些老柏樹根也挖出來。為這個，多吉派了工人，還給了他不少炸藥。工人們就在他的指揮下，一點一點地把那座花崗石丘徹底炸掉了。王木匠說，不能放大炮，那樣就把樹根也炸壞了。他們就一點一點地炸，一點一點地把炸碎的石頭挖出來，當那座花崗石丘變成平地，就得到五棵老柏樹完整的樹根了。

王木匠得意地說，不信你們去看，那幾個老樹根下面空了，如今就像幾隻螃蟹一樣站在那裡，它們比螃蟹的腿還多呢。

母親帶著一如既往的天真神情問，什麼是螃蟹？這個山村的老婦人從小到老，就沒有見過這個東西。

王木匠說，對了，我忘了你不知道這個東西，那些樹根，那些樹根，對了它們伸出的腳，比蜘蛛還多。

母親說，可憐見的，蜘蛛長那麼多腳可不是為了在那裡站著。蜘蛛不長那麼多腳就織不成網，就找不到吃的。哦，那些死在網上的蟲子，可憐見的。

王木匠對王澤周說，你記得不記得，當年你丈量花崗石丘時，我就說過該把石丘挖開來看看，看下面到底有些什麼。

王澤周說，如果那樣的話，那幾棵老柏樹早就死定了。

現在它們不是都死了嗎？

現在死跟那時死是不一樣的，要是那時死，你和我就要坐監獄了。

王木匠說，我告訴你，王澤周，我把那座石丘都炸平，下面什麼都沒有！沒有城堡，沒有不信佛的死人，也沒有什麼金銀財寶。

這一下，王澤周來了勁頭，那我一定得去看看。

他真得被年輕時候對好多事都想要一探究竟的躍躍欲試的心情控制住了，弄得一夜沒有睡好。他本以為，這樣的心情早就像火一樣被那些人澆滅了，但現在，在一個難眠的夜晚，他看到這樣的念頭，卻又像火苗一樣在心頭竄動起來。

吃過早飯，他特意告訴母親，他還要去老家村子看看。

母親說，王澤周，我們可憐的老家已經沒有了。

王澤周親吻了母親的額頭，他說，我還是想再去看它一眼。

因為這個久違的親吻，母親的臉上閃爍著幸福的光彩，她說，王澤周，想想你多久沒有親過我了。

王澤周想，原來對於親人的表示親密的能力也是與自己對這個世界有無激情密切相關的。他又把嘴唇貼上了母親的額頭，叫聲媽媽，這才出門去了。

不到一個小時，他已經把車停在了已經是一片廢墟的村子跟前。

村子裡一旦沒有了人，連地裡的玉米都失去生氣，倒伏在地上了。在雨水與陽光的交替作用下，那些倒伏的玉米正在腐爛，空氣中充滿了一種略帶甘甜的腐敗味道。一壟壟土豆卻還生機勃勃，正在開花。太陽出來了，鳥鳴聲叫成一片。那座花崗石丘的確是消失了。那幾株柏樹的根子完全裸露出來，以前被這些蒼勁的樹根緊緊抓住的堅硬岩石都不在了。於是，那些樹根都懸空了，顯出某種無所適從的樣子。這些樹根眼下惟一的作用就是支撐著桌狀的樹樁，像是一隻隻試圖支撐著身子站立起來的巨大章魚。王澤周沒有見過大海，沒有見過這種海中巨怪。但他看到這些處於懸空狀態的樹根，就聯想到從電視上見過的這種海中長相怪異的生物。

王澤周鑽到這些樹根的下面的空隙裡，腳下是破碎的岩石。他彎下腰把岩石一塊塊搬開，這些稜角鋒利的岩石上還殘留著炸藥爆炸過後留下的味道。那是與防雹火箭發射時相類似的硝煙的味道。腳下的碎石終於被搬空了。下面除了岩石還是岩石，是更加堅硬的未被破碎的岩石。王澤周把清除碎石的面積不斷擴大，得到的還是一樣的結果。這說明，原先那座突兀的丘崗跟下面更寬廣的基岩是連為一體的，只是因為地殼運動中的某種偶然的因素突起在地表，又在上面長出了幾株老柏樹而已。

花崗石丘並不是一塊飛來石。

雖然傳說裡是這麼說的，後來，縣裡請來的地質專家也是這麼說的。

但那座花崗石丘的確不是一塊飛來石，更不可能是由一位傳教高僧的法力使之從山頂崩裂，並飛越了眼前這條大河而落在了村莊跟前。

王澤周知道，這就使得他要續寫當年那篇使他倒楣的文章了。如果那時文章的結尾還是一個出於常理的疑問，那麼，現在他可以為這篇文章給出一個明確的結論了。沒有飛來石，更沒有什麼用飛來石鎮壓異端的事情。當然，接下來，又一個問題出現了，宣稱慈悲和平的佛教徒為什麼要編造出來一個如此嚴厲恐怖的故事？

他決定做最後一項考證，這些柏樹到底有多少歲了。

傳說裡說，這幾株柏樹有一千多歲。

但這一回，樹被伐倒了，一個個面朝天空的樹樁斷面上呈現出一圈圈清晰的年輪。王澤周順著樹根爬上去，趴在樹樁上，細心地從內到外把那些年輪一圈一圈數過。

王澤周先數的是最粗大的那一棵，他數了一遍，這棵樹有六百多歲。他又數了一遍，還是六百多歲。那麼，傳說裡的數字不準確的，他根據傳說推測的數字也是不準確的。他又爬上最小的那棵樹樁，數過三遍，這樹仍然是三百多歲。王澤周翻身躺在桌面一樣的樹樁上，想起五棵柏樹差不多一樣高低一樣蒼老的樣子，想起它們在天空中張開並連在一起的巨大的樹冠，像是一片綠色的雲彩，隨著太陽的旋轉，上午在村前，下午在河上投下雲影一樣的陰涼。

柏樹的生命，可以使三百歲的差異無從區別，而四十歲出頭的王澤周，從很年輕的時候，心裡就生出了非常蒼老的東西。樹們競相生長，最後就是變成一片森林，不分彼此，不分高下並肩站在一起，沐雨櫛風。人卻在製造種種差異，種種區隔，樂此不疲。

在他陷入如此的生命感慨時，從河的下游，傳來施工機械的轟鳴聲。那是正在節節升高的大壩所在的地方。施工隊伍正在壘築壩體。絡繹的卡車拉來構築壩體的材料，碾壓機在這些材料上反覆碾壓。而在壩體將要面向來水的一面，混凝土罐車來往，傳送帶往復回環，振盪器嗚嗚嘶叫，一堵厚厚的鋼筋混凝土牆正在漸漸升起。

從這些機械在峽谷中來回激盪的交響中，王澤周聽到從另外的方向駛來的汽車聲。他站起身來，看到兩輛卡車迎面開了過來，卡車前面，還有一輛賓士越野，和一輛豐田皮卡。他認識這兩輛車，賓士是那位大老闆的，皮卡是多吉的。

從賓士下來的是貢布丹增，皮卡上下來的是多吉和他父親。

今天，他們是來搬運這些樹根的。

貢布丹增站在地上，對站在樹樁上的王澤周說，這些樹根真是漂亮！

王澤周說，我只是覺得怪異。

老同學，怪異不也是一種美嗎？大自然真是鬼斧神工，鬼斧神工啊！

王澤周從樹椿上下來，說，這倒不假，不是大自然的鬼斧神工，誰能創造出這種匪夷所思的怪異之美呢？

貢布丹增心情大好，他握住了王澤周的手，老同學，看，我們都能發現相似的美，你看，我們還是能找到一致的地方。

王澤周說，你在這裡很好，我真想你的導師也在這裡。你看見了嗎？我們的腳下，除了石頭還是石頭，這裡沒有什麼高僧用法術搗鼓來的飛來石。石頭下面也沒有一個被高僧詛咒鎮壓的城堡。

王澤周又爬上了另外的樹椿，他掏出手機，對著剩下三棵還來不及數過年輪的老柏樹椿一一拍攝。他屏息靜氣，抑制住激動的心情，讓心跳變慢，讓拿著手機的手不要顫抖。他真的做到了。他看到，在手機螢幕上，老柏樹的年輪清晰地呈現。他一張又一張地拍攝，他要一一細讀這一圈圈的年輪，作為準確的資料寫進他那篇夭折，如今正在復活的文章之中。

貢布丹增站在下面，一直在激動地對他說著什麼，但他為了拍好那些樹椿的年輪，必須充耳不聞，無須聽見，也不必聽見。

當他父親衝到貢布丹增面前用比平常大很多的聲音說話時，他聽見了。他聽到一向懦弱，而且愛錢如命的父親對貢布丹增說：請你不要這麼大聲說話，請你讓我兒子把他的事幹完！王木匠還說，當年，為了幫他寫文章，我就說過，要往深處挖一挖，看看下面到底有什麼？現在你們不是看到了嗎？什麼都沒有！你們看到了嗎？

王澤周回頭看到，多吉拍著父親的肩頭，把他勸到一邊去了。

父親還回了頭對貢布丹增說，你叫我把石丘炸開，你只想得到這些樹根，就沒有想到現在的結果嗎？

王澤周又靜下心來拍攝，一張，一張，手機也發出和相機快門一樣令人愉悅的，可以確認拍攝動作完成的清脆的咔嚓聲。當他確定自己已經作好了必需的影像紀錄，才從樹樁上跳了下來。他聽見了被激怒的貢布丹增的最後那句話……你他媽算什麼？老子都是博士了，你呢？就算你找到了真相，那又怎樣？為了回去補個博士證書嗎？

王澤周從樹樁上跳下來，逕自走到貢布丹增的面前，他沒有回答他的話，他只是走到他面前，靜靜地看著他，讓他感受到了自己眼神中足夠的蔑視與挑戰。因為，在這樣的事實面前，他還沒有絲毫的自省與歉意的話，那這個人就是無可救藥的了。

然後，他就逕自離開了。

回到家裡，把手機連接在電腦上，細數樹樁的年輪的時候，王澤周突然啞然失笑。他想起，他在樹樁跟前對貢布丹增說，請你讓開，不要擋著我的道。這個一向狂傲自負的傢伙真的就閃開身子，讓他過去了。他記得他砰然關上車門，發動了汽車後，還搖下車窗，對他豎起了中指。這個動作是這個傢伙在他們上本科時，看電視裡的足球轉播時學來的，那時，他在學校恣意妄為，對誰稍有不滿，就會豎起他的中指。現在，王澤周雖然覺得這個動作相當粗俗，但他還是很滿意自己回敬了這個傢伙一個中指。

接下來的幾天，從辦公室到家裡，他眼前都晃動著那座已然消失的花崗石丘，以及花崗石丘上的五棵岷江柏。就在這樣的情境下，他開始重新書寫那篇考證一個神話傳說真偽與動機的文章。當年，他把這篇文章提交給那個學術討論會。但是，會後編成的論文集裡沒有這篇文章。為了找到這篇文章的原稿，王澤周給多年不聯繫的丁教授寫了一封信，用特快專遞寄出。丁教授也用特快專遞給了他答覆，說，論壇開過就散了，找不到人再去打探那篇文章的下落了。

王澤周沒有想到，自己這麼些年來一直在爭取遺忘的文章，而且以為已經遺忘的文章原來一直深藏在記憶深處，現在，一字一句都在腦海中浮現出來。他甚至深晰地記得實測得到的關於那座花崗石丘的資料：周長，一百六十八米，高，五點三米，頂部最平坦部分的面積，四十八平方米。

他想起來，這個資料應該跟父親印證一下，他撥通了父親的電話。他問父親這些資料是不是準確。父親說，我忘記了，但你記下數字一定沒有錯。

王澤周想起父親又是好多天不回家了，但家裡人也並不操心，反正這個苦命人不是在這裡，就是在哪裡忙活。反正忙活完一陣子，他就帶著或多或少的收穫回家來了。而這個家，先是他和母親，以後又連帶著新增的家庭成員對他的忽視也真是由來已久了。

這一回，王澤周在電話裡有些動情，他說，爸爸，我們都盼著你早點回家。

父親高興起來，說，快了，我幫老闆把老家的房子復了原，就回家來了。

王澤周還想對父親說，他愛他，但他沒說出口。

他還想對父親說，等他回來，自己要帶上兒子，回一趟父親的老家。但這樣的話他還是沒有說出口，就默默地放下了電話。

跋語

需要補充的植物學知識，以及感慨

在序篇開始已然羅列了關於岷江柏的相關植物學材料後，覺得所抄錄者還不夠齊全。比如說，這種樹在植物分類學中的序列位置，再抄，便顧忌未見人未見故事就一味說一種樹，擔心以為看故事就是看小說，以至於愛故事就是愛文學的讀者會不耐煩。所以，就沒有再放在序篇。現在，索性就把關於岷江柏的資料在故事開始前都抄錄齊全，作為結尾了。

《中國植物志》第七卷如此描述岷江柏在植物世界中的位置：

植物界；

裸子植物門；

松柏綱；

松柏目；

柏科；

柏木亞科；
柏木屬；
岷江柏。
這譬如在動物分類學中說人：
動物界；
脊索動物門；
脊椎動物亞門；
哺乳綱；
靈長目；
類人猿亞目；
人科；
人；
然後才是，你，我，他，或，某人，某某人。
也就是說，這個故事從說樹起頭，最終要講的還是人的故事。

樹站立在這個世界上，站在谷地裡，站在山崗上，扎根沃土中，或者扎根石縫中的歷史是以千年萬年億年為單位來計算的。人當然出現得很晚。他們首先懂得從樹上摘取果實。然後，他們懂得了燃燒樹木來取得溫暖與熟食，同時從不安全的黑夜裡取得使家人感到安全的光亮。他們懂得用骨製的工具剝下樹皮製成禦寒的衣服，進而因為這種成功的遮蔽生出關於羞恥的觀念，或者根據樹皮衣服完好的程度、美觀的程度生出關於美、關於尊貴與低賤的觀念不過幾千年時間。更不要說用樹木搭建房屋、橋梁和廟宇，以及從某幾種樹上取得帶香味的材料進行各種各樣娛神的活動了。

是的，樹不需要人，人卻需要樹。

因為這種需要，人使這個世界上的樹越來越少。

有某一門類的科學考證出，正是某個氣候大變化的時代，樹大面積死亡，森林變成草原，某種猴子不得不從樹上下來，從而慢慢變成了人。而這些人，正在獲取越來越大的力量，正有越來越多的欲望支配他們製造越來越多的理由，使這個叫做地球的星球上的樹越來越少。

這個世界上已經消失過很多樹了，這個世界也已經消失過很多人了。

科學告訴我們，最終，連生長樹與人的地球都會消失。

所以，本書所寫的岷江柏和岷江柏下的人的命運也是一樣。

但從有人以來，就有人在做記錄那些消失的人與物的工作，不為悲悼，而為正見。

不然，人就會像從來沒有在地球上出現過一樣。

因為人，畢竟是在這個地球上出現了。

文學叢書 517

河上柏影

作　　者　阿　來
總 編 輯　初安民
責任編輯　宋敏菁
美術編輯　黃昶憲
校　　對　吳美滿　宋敏菁

發 行 人　張書銘
出　　版　INK印刻文學生活雜誌出版有限公司
新北市中和區建一路249號8樓
電話：02-22281626
傳眞：02-22281598
e-mail：ink.book@msa.hinet.net
網　　址　舒讀網http://www.sudu.cc

法律顧問　巨鼎博達法律事務所
施竣中律師
總 代 理　成陽出版股份有限公司
電話：03-3589000（代表號）
傳眞：03-3556521
郵政劃撥　19000691　成陽出版股份有限公司
印　　刷　海王印刷事業股份有限公司

出版日期　2016年 12 月　初版
ISBN　978-986-387-137-8
定價　240元

國家圖書館出版品預行編目資料

河上柏影／阿來著：--初版，
--新北市中和區：INK印刻文學，2016. 12
面；14.8 × 21公分. --（文學叢書；517）
ISBN 978-986-387-137-8（平裝）
857.7　　105021208